用文字照亮每个人的精神夜空

初学记系列

03

诗国万物

凡所初学，入门须正，立志须高

杨昊鸥 著

CTS

湖南人民出版社·长沙·

图书在版编目（CIP）数据

诗国万物 / 杨昊鸥著. —长沙：湖南人民出版社，2023.3
ISBN 978-7-5561-3112-9

Ⅰ.①诗…　Ⅱ.①杨…　Ⅲ.①古典诗歌－诗歌欣赏－中国－青少年读物　Ⅳ.①
I207.2-49

中国版本图书馆CIP数据核字（2022）第230794号

诗国万物
SHIGUO WANWU

著　　者：杨昊鸥
选题策划：北京领读文化
产品经理：领　读·李晓
责任编辑：刘　婷
责任校对：夏丽芬
装帧设计：卿　松[八月之光]

出版发行：湖南人民出版社有限责任公司 [http://www.hnppp.com]
地　　址：长沙市营盘东路3号　　邮编：410005　　电话：0731-82683327

印　　刷：湖南关山美印有限公司
版　　次：2023年3月第1版　　　　　印　　次：2023年3月第1次印刷
开　　本：880 mm × 1230 mm　　1/32　　　印　　张：9.375
字　　数：179千字
书　　号：ISBN 978-7-5561-3112-9
定　　价：54.00元

营销电话：0731-82683348（如发现印装质量问题请与出版社调换）

气之动物，物之感人，故摇荡性情，形诸舞咏？照烛三才，晖丽万有，灵祇待之以致飨，幽微藉之以昭告。动天地，感鬼神，莫近于诗。

——钟嵘《诗品·序》

我是一名写作者和文学教师，同时，还是两个孩子的父亲。

我从不会忘记多年前的那个凌晨，我在产房外小心翼翼地把女儿从妻子的身边抱起来，捧在怀里，感觉自己正捧着世界上最温柔的光芒。我告诉自己，今生一定要把最美好的东西全都奉献给她。

和所有疼爱子女的家长一样，在孩子幼小的时候，我和妻子一直尽己所能地为她咨询优质的膳食方案、购买优质奶粉。在她适龄入学的时候，我们也像挑选奶粉一样精心为她挑选各个学科的优质教育方法和教育内容。

然而，恰恰是在我最熟悉的语文学科，我碰到了很大的困难。

当下针对青少年儿童的语文学习产品和书籍如过江之鲫，令人眼花缭乱。但是它们的精致程度和体系完善程度都不能令我满意。

我对儿童文学读物非常挑剔，这种挑剔甚至远远胜过我自己的日常阅读。因为，每一个人接触某一个学科的最初感受将会极大影响他对这个学科最根本的认知和未来所能达到的高度。宋代文学理论家严羽在《沧浪诗话》中曾经提到过一个重要的教学观念："入门须正，立志须高。"借用到今天的青少年教育说：小朋友年级越小，越要给他们输入优质、精致的教育内容。这就像一定要用优质奶粉去哺育嗷嗷待哺的婴儿一样，孩子们宝贵的成长时光是不可逆的，看起来内容驳杂但是营养程度极低的食品应该坚决剔除出婴儿的食谱。

举例而言，在女儿识字启蒙的阶段，我剔除了《三字经》和《弟子规》等一些时下热门的传统启蒙读物。因为《三字经》和《弟子规》都是在识字率极低的古代最简单的民间识字教材，本身的文学品质比较平庸。

我为女儿挑选的识字启蒙教材只有一部《千字文》。《千字文》是梁朝皇帝梁武帝指派当世大才子周兴嗣编纂的一部皇族识字教材，具有字不重复、文采飞扬、知识密集、趣味横生、书写优美（《千字文》是中国书法史上被历代书法家传抄频率极高的文学作品）等多重优点，它不仅是一部启蒙教材，还是中国文学史和书法史上璀璨的瑰宝。尽管《千字文》最早是一部皇族识字教材，但是在今天这个信息爆炸的时代早已走入寻常百姓家。我用了整整一年的时间教授女儿《千字文》，在朗读、背诵、讲故事、讲知识的过程中，同步练习基础书写，一鱼多吃。

有许多国学培训机构主张让儿童从小系统、完整地学习四书五经，我的看法有所不同。我的硕士和博士阶段都是攻读先秦两汉文学，具备相关的知识背景，所以我深深地知道这些古籍都是专业化程度很高的古代文献，如果不是从事专业研究，多数内容对于儿童学习而言毫无必要。当然，也不能完全否定其中符合现代教育价值的内容，所以我在为女儿讲授古代诗歌的时候为她挑选了一些《诗经》中的动人篇章，在为她讲授中国传统思想的时候重点挑选了部分《论语》段落，等等。

我为女儿挑选文学作品有两条标准。第一是必须具备文学的美感和格调。《千字文》里的"墨悲丝染，《诗》赞羔羊"相比《三字经》里的"人之初，性本善。性相近，习相远"，《千字文》里的"孔怀兄弟，同气连枝"相比《弟子规》里的"兄道友，弟道恭。兄弟睦，孝在中"，文学格调高下立判。毫无疑问，我会为她挑选前者。第二是在知识和思想上必须能够促进对当下生活的思考，不能从古人那里简单照搬。女儿还在上幼儿园的时候，有一次缠着我给她讲故事，我就随口讲了一个"夸父逐日"的故事。没有想到她说："地球不是围绕着太阳转动吗？在地球上跑，怎么能追上太阳呢？"我突然意识到，我们处在信息化时代，儿童接受知识的方式相比从前已经发生了重大变化。所以，讲"夸父逐日"必须连带着现代天文知识一起讲。同理，讲《论语》里的道理，或者讲《史记》里的故事，也必须要把古今文化打通来讲，这才是指向现代和未来的传统文化教育。

美感格调和对当下的思考，是我衡量儿童文学读物精致程度的两把标尺。利用这两把标尺，我可以从大量古籍中拣选出孩子的文学食谱。这并非自我标榜，我不会因为自己是文学教师就把文学教育置于全科教育之中特别突出的位置。对现代青少年而言，文学教育和数理教育、艺术教育、体育教育等同样重要。我为孩子的文学阅读去粗取精，正是为了帮她节省出时间接受更全面的现代知识培养。

学习体系是我关注的另一个重点。中国传统的文艺种类，在教学上都非常注重环环相扣的学习体系，这在传统文化当中叫作次第，也就是先后顺序的意思。比如说古人学书法，一般的路径是先由唐楷入门，之后逆上魏晋，待楷书稳固之后再学行草。再比如说古人学写诗，《红楼梦》里林黛玉教香菱写诗，教她先学王维五律，次学杜甫七律，再学李商隐七绝，将三座基石先打好，再把两晋南北朝诸位大名家融会贯通。这是真正的诗歌写作培养路径，非常扎实有效，所以小说中的香菱能够从一个诗歌门外汉迅速提升成为一个合格的诗歌作者。

在现代的中小学语文学习当中，并没有建立起像传统文艺那样切实有效的进阶学习体系。现代中小学语文教育大多采用漫灌式的广泛阅读，大家非常喜欢给中小学生开出一大堆令人望而生畏的书单——而且书单上的书目经常更换，这批书读了不见成效就换一批书。至于先学什么，后学什么，先怎么学，后怎么学，怎样把不同阶段所学的语文知识、不同阶段建立的语文能力有效地集中整合在一起形成厚积薄发的合力，则完全是一笔糊涂账。所以我们看到真实的语文教育现状是，孩子们经过十多年的语文学习之后，背诵、书写、阅读、写作四大核心能力大多停留在较低的水平，孩子们畏惧语文，甚至抵触语文的普遍心理在中小学教育当中几乎是一个公开的秘密。

每当我看到当下青少年语文教育盲目混沌的现状时，心里总会涌现起《史记·太史公自序》里的一段话："意在斯乎！意在斯乎！小子何敢让焉。"

如果暂时没有令人满意的语文学习体系，那我就自己来吧。我为女儿设计的语文学习进阶体系思路是，用一个专题内容，对应一个年龄阶段，同时，专题内容侧重针对与年龄阶段匹配的语文核心能力。

单一的专题内容易于在学习中集中发力。例如，我专门用《史记》专题来解决文言文学习的问题。《史记》是中国文学史上文言散文的巅峰之作，被明清两代的文章家奉为"文章祖宗"。中国古代散文名家名作浩如烟海，但只要能够对《史记》具备常识性的了解，对其中的精彩段落稍加用心，文言文就可以一通百通，自然过关。此外，围绕《史记》所记载的历史脉络，我们还可以把连带古今中外的相关知识拓展开来，高效地实现青少年文史通识教育，教学效果非常显著。

我把这个进阶的体系用表格进行直观的描述：

书名	内容	对应能力
《神话之门》	神话故事	兴趣培养、激发联想
《大美千字》	《千字文》	识字启蒙、端正书写
《诗国万物》	古代诗歌选	背诵积累、培育美感
《论语知道》	《论语》文选	传统道德、启发思辨
《史记文明》	《史记》文选	文言入门、拓展见识

随着女儿年龄的增长，我会在未来的日子里继续延伸这个体系，继续补充中国现当代文学和外国文学，以及其他文史通识知识的内容，但思路上将仍然延续这个体系的设计。

近些年来，我一直采用这个自创的体系来教女儿，我常在她的眼神中看到那种与文学初次相逢的美妙感觉。那是一种"好像有一点点难，但又很美、很有趣，我很想弄懂它"的感觉，用《论语》里的话来说，叫作"愤"和"悱"。在这种情况下对她进行"启"和"发"，是一件顺水推舟的事。

我想把这种美妙初逢的感觉奉献给所有热爱文学的孩子。所以我把日常教学的内容进行整理，编写成了这套"初学记"丛书。它既是一套青少年文学启蒙读物，也是一套文学文化普及读物。明代思想家李贽曾经说过："夫童心者，真心也。"只要我们仍然怀有热爱，只要我们仍然希望获得超越平凡生活的力量，我们就永远是真诚的孩子。

在这套书编写的过程中，张洪铭同学、谭心蔚同学、俞吉琪同学、梁颖欣同学为我分担了许多专业资料整理工作，青年书法家王铎翔亲笔示范了硬笔楷书《千字文》，在此向他们表示衷心的感谢。教育是神奇的事业，它让孩子们走向成熟，让教育者保持年轻。希望我们的初学永远充满着年轻的活力！

杨昊鸥

中国是全世界诗歌传统最悠久的国家，中国的诗歌历史长达三千年，名家名作灿若星河，是当之无愧的诗歌国度。

千百年来，中国人把诗唱进歌谣里，融入音乐里，写在竹简上，刻在石头上，更铭记在血液和骨骼里。于是，中国人长出了诗歌的眼睛和耳朵：

从炽热阳刚的烈日，到光华如水的明月；

从变幻无端的风云，到纷纷扬扬的雨雪；

从奔流不息的江河，到巍然耸立的山岳；

从苍茫辽阔的塞北，到婀娜多情的江南；

从气势恢宏的都市，到恬静自然的田园；

从食野之苹的灵鹿，到南迁北归的鸿雁；

从高节自立的劲竹，到娇艳傲放的鲜花；

......

天地之间一切熟悉的事物，在中国文化之中都被赋予了诗歌的灵性。所以，中国传统文化之中，日月星辰、江河湖海、东西南北、都市田园、飞禽走兽、树木花草……都被诗歌赋予了独有的文化内涵。比如，当我们在夜晚看到月亮时，会升起离别的愁思和对团圆的渴望；当我们站在川流不息的河岸边时，会发出时光永恒流逝的感慨；当我们谈论起古代的超级都市长安时，会立刻感受到华贵肃穆的皇家气象……这是一代又一代中国人，在诗歌的浸润下生长出的共鸣。

按照元素对诗歌进行分类选编，分门别类地把优秀诗歌呈现给初学诗歌的读者，是中国古代传统诗歌教育的重要方法。唐代官员徐坚，曾受玄宗皇帝的命令，编写了一部叫作《初学记》的书籍，专供唐代皇族子弟学习写作诗歌。这部《初学记》正是采用了诗歌元素分类的方式，非常清晰简明，一卷在手，纵览古今名诗名句，是中国历史上著名的诗歌学习范本。

元素在诗歌作品中所对应的是意象，意象更深入对应的是诗人的情感。每一位诗人在借助诗歌意象来表达情感的时候，会有一些细节上的差异，但是总体的方向大同小异。所以，抓住诗歌元素的文化内涵，也就能够一通百通地在诗歌国度里自由翱翔了。

所以我效仿古人，把中国自古以来的优秀诗歌按照诗歌元素进行分类，选编成了这本《诗国万物》，所选诗歌全部是中国诗歌史上的名作，内容涵盖先秦时代的《诗经》、汉魏古诗、两晋南北朝诗、唐诗、宋诗、宋词、元诗、清诗、二十世纪诗词……青少年读者按照分类进行背诵，将会形成非常高效的连锁记忆。本书还特别对古代诗歌元素的文化内涵进行了精练解读，并加入了相应的现代百科知识，可以提高青少年读者的诗歌鉴赏能力，同时，对于应对语文考试中的诗歌鉴赏题目也会起到很大的帮助。

这是一幅徐徐展开的诗国画卷，让我们用眼睛、耳朵和心走进它。

杨昊鸥

目 录

一、日

传说，太阳是个调皮的小宝宝，它最爱把自己泡在东方扶桑树下的水池子里，一整天都不动。所以人们一开始生活在黑漆漆的世界中。后来，太阳宝宝的妈妈羲和女神把它放在太阳车上，然后驱赶着太阳车从东边的扶桑出发，到西方的若木停下，每天周而复始。这才照亮了整个大地，为人间带来了光明。

太阳是最光彩夺目的自然景观。在诗国的万物里，太阳也凭着自身独一无二的魅力，令无数诗人倾倒。和煦的朝阳、苍凉的落日，这些元素如何在诗人的笔下流转飞动的呢？让我们一起来读一读这些与太阳有关的诗篇吧。

长歌行

〔汉〕乐府

青青园中葵，朝露待日晞。

阳春布德泽，万物生光辉。

常恐秋节至，焜黄华叶衰。

百川东到海，何时复西归？

少壮不努力，老大徒伤悲！

园中的葵菜青青，葵菜上的朝露等待着阳光照耀。

春天的阳光正展布着它的恩泽，让万物都显得光彩照人。

我常常害怕那秋天的到来，因为到那时候叶子都要枯萎。

大川大河都向东流去，它们什么时候才会重新西流归来？

人在年少时如果不好好努力，老来便只能徒劳地感慨让时光白白逝去！

使至塞上

〔唐〕王维

单车欲问边，属国过居延。

征蓬出汉塞，归雁入胡天。

大漠孤烟直，长河落日圆。

萧关逢候骑，都护在燕然。

我驾着轻便的车辆前去慰问守卫边关的将士，经过居延这座边城。

眼见蓬草随风飘远，从南方归来的大雁飞入胡人居住之地。

浩瀚的沙漠中有一条孤烟直上天空，浑圆的夕阳在黄河边上缓缓落下。

在萧关这个地方遇到负责侦察的士兵，从他那里知道将军仍在燕然没有归来。

暮江吟

〔唐〕白居易

一道残阳铺水中，半江瑟瑟半江红。

可怜九月初三夜，露似真珠月似弓。

夕阳映照在水面波光粼粼，江面碧绿的水波与鲜红的夕阳交互闪耀。

我真喜欢九月初三的这个晚上呀，露珠好像晶莹剔透的珍珠，初升的新月如同一张弯弓。

乐游原

〔唐〕李商隐

向晚意不适，驱车登古原。

夕阳无限好，只是近黄昏。

傍晚时心情不舒畅，我驾着车登上了乐游原这个地方。

看到那夕阳的景色无限美好，却感慨它到了即将消逝不见的黄昏时分。

永遇乐（节选）
〔宋〕李清照

落日熔金，暮云合璧，人在何处？染柳烟浓，吹梅笛怨，春意知几许？

徐徐落下的太阳像熔化的金块一样光辉灿烂，傍晚的云彩像玉璧一样合拢在一起，而我却漂泊异乡，不知家在何处。

新生的柳叶好像被绿烟点染，《梅花落》的笛子声中带着丝丝幽怨，春天已经悄然来临了。

[诗歌赏析　苍凉]

为什么炽热的太阳，会在诗人的心中映照出苍凉的感觉呢？有一部分原因在于，我们的祖先在与大自然相处的时候，常常会受到旱灾的困扰。因此太阳并非每时每刻都象征着生命和希望。它有时候甚至会破坏人们的生活，这种对太阳敬畏的记忆保留到了诗歌当中。

太阳会带给人们伤感的原因还在于，太阳的东升西落象征着时间的流逝。所以，看起来光辉灿烂的太阳在古代诗歌中也常常代表着一种光阴易逝的伤感。宝贵的时间一去不复返，值得我们每一个人好好珍惜，不然就会像古人所说的，"少壮不努力，老大徒伤悲"。

让我们再次感受一下这几句和太阳有关的诗句：

"青青园中葵，朝露待日晞。"（《长歌行》汉乐府）

"大漠孤烟直，长河落日圆。"（《使至塞上》王维）

"一道残阳铺水中，半江瑟瑟半江红。"（《暮江吟》白居易）

"夕阳无限好，只是近黄昏。"（《乐游原》李商隐）

"落日熔金，暮云合璧。"（《永遇乐》李清照）

[万物百科]

在遥远的古代，人类的祖先没有发达的科学技术，因此，对于像太阳东升西落这样无法解释的自然现象，早期人类只能通过神话来想象它们产生的原因。

太阳东升西落的真正原因其实在于：地球每天都在自转。如果我们乘上宇宙飞船，在距离地球很远很远的地方观察它，就会发现地球是一个大大的球体，这颗蓝色的星球，每天都在转圈圈。因为太阳的位置是相对不变的，所以地球在转圈圈的时候，总是有一面照不到光，照不到光的那一面就是黑夜，等到那一面转过来了，世界就会历经破晓，重回光明。所以我们在地球上看太阳，就好像是太阳每天在东升西落一样，但其实，这一过程中真正在动的是地球，而不是太阳。

此外，虽然太阳和月亮在天空上看起来都只和苹果一样大，但星体们的实际大小往往会令你大吃一惊。我们所处的地球如此广袤，如果把太阳缩小成一个篮球的大小，地球只相当于一粒米这么大，而月亮只有半粒芝麻这么大。

宇宙之大远远超出人类的想象，其中包含的奥秘，可能需要人类花很长很长的时间才能全部解开。希望正在阅读的你能永远保持一颗积极探索的心，带着热情去感受世间万物的奥妙，但与此同时，也不要忘记给自己留存一份诗意，请怀抱着它，去拥抱一切美的事物吧！

二、月

传说，在很久很久以前，有一位叫作后羿的人类英雄，因为做出了很多有益于人类的贡献，所以王母娘娘赏赐给他长生不老的仙药。后羿的妻子叫嫦娥。嫦娥自从知道了后羿从西王母那里得到了不老仙药之后，心里总是惦记着这件事。有一天，后羿出门打猎，嫦娥偷偷地打开了柜子，把那颗仙药吞进了肚子里。吃完仙药后，嫦娥惊奇地发现自己的身体越来越轻，不知不觉就飘到了天空中。她害怕地大叫起来。后羿听见妻子的呼喊，连忙跑回家来，只见妻子越飞越高，很快就在空中消失不见了！

嫦娥飞啊飞啊，她穿过云层，一直飞到了月亮上才停下来。这时候，她发现月亮上一个人也没有，这样冰冷又孤单的生活，长生不老又有什么意思呢？嫦娥非常后悔，可是后悔也没有用，最后，她化为月亮的精灵，永远一个人住在月亮上。

在中国古代诗歌中，月亮总是与相聚离别和思念之情联系在一起。接下来就让我们一起来感受一下，古代的诗人是如何借助月亮表达自己的离别和思念之情的吧。

望月怀远

〔唐〕张九龄

海上生明月，天涯共此时。

情人怨遥夜，竟夕起相思。

灭烛怜光满，披衣觉露滋。

不堪盈手赠，还寝梦佳期。

海面上升起了一轮明月，在天涯各处的人们共同欣赏着这月亮。

满怀情思的人抱怨这月夜太漫长，整夜不眠地把远方的人怀想。

熄灭蜡烛怜爱这满屋的月光，披上衣服感觉到夜露寒凉。

没有办法将这满手的月光赠送给思念的人，只好与他相见在梦乡。

子夜吴歌·秋歌

〔唐〕李白

长安一片月，万户捣衣声。

秋风吹不尽，总是玉关情。

何日平胡虏？良人罢远征。

长安城上高挂一轮明月，城中传出千万户人家捣衣的声音。

秋风吹不散的，是那远到玉门关的思念。

究竟什么时候才能平定边境的战乱啊？到那个时候，我的丈夫才能结束远征重回我的身边。

月夜忆舍弟

〔唐〕杜甫

戍鼓断人行，边秋一雁声。

露从今夜白，月是故乡明。

有弟皆分散，无家问死生。

寄书长不达，况乃未休兵！

边防的鼓声断绝了人们的来往，边塞的秋天只有孤单的雁鸣在天空回荡。

今夜就进入了白露这个节气，月亮还是故乡看到的最明亮。

兄弟都因战乱分散，没有家无法打探到他们的消息。

寄送的家书常常无法送到，何况频繁的战乱仍未停止。

水调歌头

〔宋〕苏轼

明月几时有？把酒问青天。不知天上宫阙，今夕是何年。我欲乘风归去，又恐琼楼玉宇，高处不胜寒。起舞弄清影，何似在人间。

转朱阁，低绮户，照无眠。不应有恨，何事长向别时圆？人有悲欢离合，月有阴晴圆缺，此事古难全。但愿人长久，千里共婵娟。

什么时候才会有今天这样好的月亮啊？我拿起酒杯，举酒问天。不知道天上神仙居住的宫殿现在是什么年月。我想乘着风去到天上，却又害怕美丽的月宫高耸，让我无法经受天上的寒冷。我在此时此刻翩翩起舞，月影伴随着我，这美丽的人间景象比月宫仙境还要令人陶醉。

月亮转过朱红色的楼阁，低挂在花窗上，照着无法入睡的自己。月亮不应该对人们怀有怨恨，可它为什么偏偏要在人们离别时变圆，令人伤感呢？人生有悲欢离合，月也有阴晴圆缺，这些事自古以来不顺人的心意。只期望人能够平安长久，哪怕相距千里也能共赏当空的明月。

[诗歌赏析　思念]

诗歌里的月亮寄托了诗人对于故乡的温柔想象。伴随着圆缺变化，这份温柔尤其会在人们背井离乡时，勾起对远方亲人的思念。

你有自己思念的人吗？当你在某个夜晚，将目光投向高悬在天空的明月，想起远方也有一个人，此时和你一样正凝望着同一个月亮，这就是思念的感觉。你可能会突然对着那一抹温润的月光吟出"海上生明月，天涯共此时"这样的句子，这时候你已经和历代的诗人产生了共鸣，品味到人类面对离合聚散时共同的感情了。

让我们一起来重新回顾一下这些与月亮有关的千古名句：

"海上生明月，天涯共此时。"（《望月怀远》张九龄）

"长安一片月，万户捣衣声。"（《子夜吴歌·秋歌》李白）

"露从今夜白，月是故乡明。"（《月夜忆舍弟》杜甫）

"但愿人长久，千里共婵娟。"（《水调歌头》苏轼）

[万物百科]

一月、二月、三月……讲到月份时，你可曾思考过"月份"中的"月"和天上的月亮有什么联系？

一段时间里，月亮会经历好几次形状的变化：从弯弯如钩的蛾眉月，变成饱满如弓的弦月，再变成圆润如玉盘的满月，这一过程在15天左右。随后满月开始渐渐亏缺，重新变回弯弯如钩的样子，这一过程也在15天左右。因此一个月下来，月亮就要经历一次完整的盈亏变化，当它每完成一次形态的变化过程，我们就说：这个月过去了。

而月亮为什么会有圆缺变化呢？

原来，月亮本身不会发光，它的光是来自太阳的！

月亮围绕着地球旋转，当月亮转到地球和太阳的中间时，它面向地球的那一面照不到太阳光，因而人们就整夜见不到它，过一两天，当月亮微微露出一点点修长的身影时，我们叫它新月（朔月）。

新月过后两三天，月亮会沿着轨道慢慢转过来，太阳光就沿着它的边缘部分照亮，这时候我们会在天空看到一弯月牙，这时候我们叫它蛾眉月。

随着月亮继续转，月牙一天比一天"胖"起来，等到七八天的时候，有一半的月亮都能照到太阳光，这时候我们叫它弦月。

又等了七八天，月亮绕到了地球的身后，地球就在月亮和太阳的中间，太阳光就能完全照亮月球，这时候，月亮就变得像一个圆圆的酥饼，我们管它叫满月（望月）。

当满月继续移动，月亮会从圆圆的玉盘重新变成半圆的弦月，最后又慢慢"瘦"下去变回蛾眉月。

如此这番，周而复始，就形成了我们见到的月相盈亏变化。

三、星

传说，天帝有一个女儿，叫作织女。织女非常擅长纺织，她织出的是漫天美丽的彩霞。年复一年，日复一日，重复的工作让她感到沉闷无聊。于是她偷偷地从天上跑到人间来玩耍。在人间，她认识了一个叫牛郎的男孩子。他们相爱、结婚，成了一对夫妻，并生了两个可爱的小宝宝。可是，按照天帝的规定，神仙是不可以和凡人结婚的。所以，天帝知道后生气地命令织女立刻返回天上。

织女伤心地回到了天上，她和丈夫、孩子们深深思念彼此。可是人间和天上隔着一条宽广的天河，难以跨越。人间的喜鹊被牛郎和织女真挚的感情深深地感动了，它们决定帮助这对深情的爱人。它们相约，每年的七月七日，世界上所有的喜鹊都飞到天河上，用身体架起一座桥梁。牛郎用扁担挑着两个宝宝，走过鹊桥，去和织女相会。这就是著名的牛郎织女鹊桥相会的故事。

在晴朗的夜晚，缀满万点繁星的银河在我们的头顶闪闪发光。在漫天的星斗之下，诗人们会产生怎样的感触和奇妙联想呢？

星星赋予夜空以生命，同时也涵养着诗人内心的一份清寂。接下来，就让我们跟着本章的选诗，一起到星空中去翱翔吧。

迢迢牵牛星

〔汉〕佚名

迢迢牵牛星，皎皎河汉女。

纤纤擢素手，札札弄机杼。

终日不成章，泣涕零如雨。

河汉清且浅，相去复几许。

盈盈一水间，脉脉不得语。

天上远远地悬挂着明亮的牵牛星，同时也闪耀着皎洁的织女星。

织女伸出她那白皙的手，摆弄咿呀咿呀响着的织布机。

她织了一整日也没能织成一匹布，因哭泣而流出的眼泪像雨水一样零落。

这银河看起来清亮而浅澈，实际相隔却是那么地远！

牵牛织女就被分隔在清澈的银河两岸，只能相互深情凝视而没有办法言语传情。

下终南山过斛斯山人宿置酒

〔唐〕李白

暮从碧山下，山月随人归。

却顾所来径，苍苍横翠微。

相携及田家，童稚开荆扉。

绿竹入幽径，青萝拂行衣。

欢言得所憩，美酒聊共挥。

长歌吟松风，曲尽河星稀。

我醉君复乐，陶然共忘机。

傍晚从终南山上走下来，山月在归途上伴随着我。

回望来时所走过的山路，只见一片苍茫青翠的山林。

与朋友携手一起到他家去，孩童跑来打开柴门。

走入种满翠竹的幽静小路，青萝的枝叶拂动我的衣裳。

与朋友欢言笑谈让人感到轻松愉快，齐饮美酒共同举杯。

就着风入松的曲调高歌一曲，曲终唱罢，天上的星星已渐渐疏淡。

我与朋友共同享受醉里的欢乐，欣然忘却了尘俗的纷扰。

旅夜书怀

〔唐〕杜甫

细草微风岸，危樯独夜舟。

星垂平野阔，月涌大江流。

名岂文章著？官应老病休。

飘飘何所似？天地一沙鸥。

岸边微风吹拂着细草，夜里小舟竖着高高的桅杆孤零零地停泊在水边。

星星低垂在广阔的平野尽头，月亮映照在水中与江流一起涌动。

我难道仅仅是因为会写文章才获得名声的吗？年老多病就辞官休养吧。

四处漂泊的我像什么呢？就像天地间独自漂泊的沙鸥。

秋夕

〔唐〕杜牧

银烛秋光冷画屏，轻罗小扇扑流萤。

天阶夜色凉如水，卧看牵牛织女星。

银烛在秋夜中散发出冷光映照画屏，轻巧的罗扇轻轻扑扇飞舞的萤火虫。

在露天的石阶上只觉那夜色清凉如水，静卧凝望在天空中闪烁的牵牛星和织女星。

癸巳除夕偶成·其一

〔清〕黄景仁

千家笑语漏迟迟，忧患潜从物外知。

悄立市桥人不识，一星如月看多时。

夜晚时分，千家万户幸福的笑声四处传来，更加让人感到岁月蹉跎，心中忧伤。

我独自站在城中桥上，来来往往没有人认识我，我看着夜空中一颗明亮的星星，把它当作月亮端详了许久。

[诗歌赏析　清寂]

在古代诗歌中，星星往往对应着一种"清寂"的情绪。

所谓"清寂"，就是独自一人站在晴朗夜空之下，那种宁静、清幽的感觉。在古代，没有现代城市的喧闹和光污染，在漫长而寂静的夜晚，虽然独自一人，但是头顶有群星相伴，抬头看着银河灿烂，星光熠熠，心情也就没有那么寂寞了。

想象着这样的感受，让我们回顾一下这几句与星星有关的诗句：

"河汉清且浅，相去复几许。盈盈一水间，脉脉不得语。"（《迢迢牵牛星》佚名）

"长歌吟松风，曲尽河星稀。"（《下终南山过斛斯山人宿置酒》李白）

"星垂平野阔，月涌大江流。"（《旅夜书怀》杜甫）

"天阶夜色凉如水，卧看牵牛织女星。"（《秋夕》杜牧）

"悄立市桥人不识，一星如月看多时。"（《癸巳除夕偶成·其一》黄景仁）

如果你在某个晴朗的夜晚到郊外漫步，千万要抬头看看天上的星星。

你可曾想过这些一闪一闪的星星究竟是什么吗？这些会发光的星体叫作"恒星"，我们白天看见的太阳就是恒星大家族中的一员。

可是，为什么太阳这么大，星星却这么小呢？原因是太阳相比起其他恒星，离地球要近得多；而其他恒星因为离我们太远了，所以在天空上看起来只有一点点，实际上，这些恒星之中有许多比我们的太阳大得多呢！

星星究竟离我们多远？距离太阳最近的恒星叫作比邻星，距离我们约4光年。宇宙中速度最快的物质是光，光一秒钟可以射出接近30万公里，相当于绕地球赤道跑7.5圈。所以比邻星发出的光要在宇宙中长途跋涉4年之久才能走到地球！而牵牛星距离我们有16光年，织女星距离我们有26光年，它们的光则分别需要经过16年和26年才能到达地球。

除此之外，宇宙中还有许许多多距离我们非常遥远，体积巨大的恒星。截至2021年，人类发现的最大恒星是位于盾牌座的"史蒂文森2-18"，这是一颗红特超巨星，它的体积比太阳大100亿倍！

四、云

李白是中国诗歌史上名气最大的诗人之一，他的一生就像一朵云一样飘来飘去。李白的祖先最早在今天的甘肃省安了家。后来，他们从甘肃迁徙到了碎叶城（位于今天的中亚），李白就出生在这里。李白5岁的时候，跟随父母来到了今天四川的江油市青莲镇，所以李白有一个号，叫作青莲居士。李白的整个少年时光都在四川度过，在这里，李白学习、成长，游历名山大川。李白在25岁的时候离开了四川，开始了漫游中国大地的一生。

　　李白在诗篇中自称"浮云游子"，这和他那漂泊而自由的生命状态是紧紧联系在一起的。本章所选诗歌的主角就是天上自由漂泊的云。接下来，就让我们一起通过对诗歌的学习去体会其中的情感吧！

春江花月夜（节选）

〔唐〕张若虚

白云一片去悠悠，青枫浦上不胜愁。

谁家今夜扁舟子？何处相思明月楼？

游子如同白云一样悠悠离去，只剩思妇在青枫浦上不胜忧愁。

谁今夜坐在小船上漂流？又是谁在月光照耀的楼台之上思念着别人？

送友人

〔唐〕李白

青山横北郭，白水绕东城。

此地一为别，孤蓬万里征。

浮云游子意，落日故人情。

挥手自兹去，萧萧班马鸣。

青翠的山横卧在城北，清澈的水围绕在城东。

在这里相互告别，就如同孤独的蓬草随风万里飘。

悠悠的浮云寄托着游子的漂泊之感，落日好像也有着不舍之情在挽留故人。

挥挥手就这样告别吧，马儿在嘶鸣中带着朋友渐渐远去。

白云泉

〔唐〕白居易

天平山上白云泉，云自无心水自闲。

何必奔冲山下去，更添波浪向人间！

天平山上有一弯白云泉。山中云朵无心地随风飘荡，山中的泉水从容自得地流淌。

泉水何必要向山下奔流而去呢？给人间带来纷纷扰扰。

云

〔唐〕杜牧

东西那有碍，出处岂虚心。

晓入洞庭阔，暮归巫峡深。

渡江随鸟影，拥树隔猿吟。

莫隐高唐去，枯苗待作霖。

云朵在天上自由地飘来飘去，没有牵挂。一个人是要做官还是归隐，却是经过深思熟虑的。

悠悠的白云早上飘进广阔的洞庭湖，晚上飘回深深的巫峡之中。

飘过江河的时候和飞鸟相伴，深入丛林，葱郁的树木把猿猴的鸣叫阻隔开。

可不要悄悄飘去高唐楼台之上躲起来不见踪影啊，大地上枯萎的禾苗还等着你化为甘霖，灌溉滋润呢！

襄邑道中

〔宋〕陈与义

飞花两岸照船红，百里榆堤半日风。

卧看满天云不动，不知云与我俱东。

两岸的花影照映在飞快行驶的船上，沿着榆堤只用了半日工夫就走出了百里之遥。

躺在船上看满天的云好像丝毫不动，却不知道云和我都在向东行进。

[诗歌赏析　漂泊]

"漂泊"和"自由"实际是同一件事情的两个方面。相同的地方在于，它们描述的都是一种不安定的状态。不同的是，"漂泊"是一种无依无靠的忧伤，"自由"却是一种无拘无束的快乐。

今天，我们可以乘坐飞机、高铁、汽车等各式各样的交通工具，轻易旅行到另一个地方。但古代的交通十分不便利，去到远方需要很长的时间。所以远游对古人来说并不是一件容易的事情。在很多时候，诗人们的远游往往是一种迫于生计的无奈。一旦像云朵一样飘向远方，可能一辈子就无法再回到故乡了，这真是一件令人忧伤的事情。

"白云一片去悠悠，青枫浦上不胜愁。"（《春江花月夜》张若虚）

"浮云游子意，落日故人情。"（《送友人》李白）

"天平山上白云泉，云自无心水自闲。"（《白云泉》白居易）

"东西那有碍，出处岂虚心。"（《云》杜牧）

"卧看满天云不动，不知云与我俱东。"（《襄邑道中》陈与义）

[万物百科]

云的形状总是千变万化，通过观察云的形状，人们可以推测接下来一段时间的天气变化。接下来，我们就来认识一下云的几种常见形态。

积云，就像一片片棉花糖。小朋友画画的时候，常常会在房子的上空画上几朵蓬松的、飘浮的、像一堆堆亮白的花椰菜一样的云。这就是最常见的一种云——积云。积云的学名是cumulus，在拉丁语里是"堆积"的意思，意味着这种云的形状多层重叠。积云上部像西蓝花，接受太阳光反射后云体亮白，但当太阳在云层后时则云体阴暗。积云一般零散地布满天空。

积雨云。巨大的积雨云通常出现在热带地区，云底离地600米左右，云顶可达约18000米的高空。当积雨云完全形成时，其高度远远高出珠穆朗玛峰。积雨云的学名是cumulonimbus，nimbus是"雨云"的意思。积雨云云底阴暗，会产生降雨，通常带有冰雹并伴随打雷和闪电。

层云。这是一种平坦、朦胧、灰色的云，外形没有什么特色。我们一定对"乌云罩顶"或"愁云密布"不陌生。层云像一片阴暗的面纱，使天空笼罩在单调沉闷之中。层云的学名是stratus，意即一大片灰色的低云。层云是灰色的层状或片状云，边缘有弥漫扩散感。

引用自中国天气网

五、雨

汉代有一个叫百里嵩的官员，他为官清廉，深受百姓的爱戴。有一年，百里嵩治理的地方遭遇了旱灾，很久很久没有下雨。于是，百里嵩驱车外出探望受灾的百姓。正在他视察灾情的时候，天上突然响起轰鸣的雷声，回头望去，车子经过之处的上方都布满了乌云，不一会儿便下起大雨。然而，仍有一个小村坐落在偏僻的山间，由于百里嵩的车驾无法达到，当地旱情久久不能缓解。于是，百里嵩便徒步跋涉大山，前往那个干旱的小村，在他踏进村门的一瞬间，天雨如注。

人们纷纷对这件事表示惊异，就连百里嵩自己都不知道是怎么回事，但当地已传说是百里嵩平日所行的善事感动了上苍，因而化解了此次旱情。

读与雨水相关的诗歌，我们时时能感受到诗人们溢于纸外的欣喜之情，这种欣喜是如何通过诗歌语言表达的呢？让我们一起来感受一下吧。

早春呈水部张十八员外·其一

〔唐〕韩愈

天街小雨润如酥，草色遥看近却无。

最是一年春好处，绝胜烟柳满皇都。

京城街道经过小雨的润泽显得细腻如酥，青草在远处显得青翠欲滴，近看却没有那般景致。

早春的景色是一年中最好的，远远超过了烟柳满城的暮春景象。

渔歌子

〔唐〕张志和

西塞山前白鹭飞，桃花流水鳜鱼肥。

青箬笠，绿蓑衣，斜风细雨不须归。

西塞山前白鹭在飞翔，桃花盛开，春水中的鳜鱼肥美。

头戴青色的箬笠，身披绿色的蓑衣，身在这斜风细雨中怡然忘归。

滁州西涧

〔唐〕韦应物

独怜幽草涧边生，上有黄鹂深树鸣。

春潮带雨晚来急，野渡无人舟自横。

独自生长在涧边幽深处的小草惹人怜爱，黄鹂鸟儿在茂密的树丛中鸣叫。

近晚时分，春天的潮水夹带着绵绵春雨迅疾地涌来，小船在荒寂无人的渡口孤零零地横在水面。

饮湖上初晴后雨·其二
〔宋〕苏轼

水光潋滟晴方好，山色空蒙雨亦奇。

欲把西湖比西子，淡妆浓抹总相宜。

晴天里水光荡漾显得美极了，细雨中山色迷蒙也景致清奇。

如果把西湖比作美人西施，无论浓妆淡妆都是那么美丽。

青玉案（节选）
〔宋〕贺铸

试问闲情都几许？一川烟草，满城风絮，梅子黄时雨。

要问我的忧伤有多少？这就像一川烟水迷蒙的青草，满城随风飘转的柳絮，梅子成熟时节连绵的阴雨。

　　"雨"在中华民族的传统记忆里，很多时候就像一个能给人们带来喜讯的使者——它总是和农事的收获、生活的富庶联系在一起。追溯历史，古代中国是一个农耕文明国家，雨水的降临对于从事农业生产的古代中国人而言，意味着滋润和丰收。

　　正是因为这种对"好雨"发自天性的喜爱，所以在读到和雨水相关的诗歌时，我们会很容易地感受到诗人们溢于纸外的欣喜之情。虽然对于不同的诗人来说，令他们感到欣喜快乐的事情各不相同，但是一场温柔空蒙的雨总是会配合着这些喜事，洗去人心中的烦躁。

　　当然，中国古代诗歌中也有着不少"急雨"和"苦雨"。比如"春潮带雨晚来急"的"雨"似乎并不令人感到喜悦，这就取决于诗人写作时具体的心情了。

　　让我们一起来回顾一下今天学到的和雨有关的诗句吧。

　　"天街小雨润如酥，草色遥看近却无。"（《早春呈水部张十八员外·其一》韩愈）

　　"青箬笠，绿蓑衣，斜风细雨不须归。"（《渔歌子》张志和）

　　"春潮带雨晚来急，野渡无人舟自横。"（《滁州西

涧》韦应物）

"水光潋滟晴方好，山色空蒙雨亦奇。"（《饮湖上
初晴后雨·其二》苏轼）

"一川烟草，满城风絮，梅子黄时雨。"（《青玉案（节
选）》贺铸）

[万物百科]

为什么天上会莫名其妙地聚集乌云？为什么雨又会突然
从天上掉下来？雨水究竟是从哪里来的？

地球上的水在经过太阳的照射之后，会变成水蒸气飞到
天上去，而因为天上很冷，所以这些水蒸气会凝聚成很小很
小的水滴。我们平时看到的云朵，就是这些小水滴抱在一起
的样子。

天上的小水滴相互碰撞、合并，会慢慢变成较大的雨滴。
无数小水滴结合而成的雨滴相对比较重，没有办法继续浮在
天空中；雨滴就会从空中落到地面，形成我们常见的降雨。

说到下雨，我们不得不提起小动物们，比起人类，它们
对自然的感知要敏感得多。如果你家里养了金鱼，你会发现
它们会突然从鱼缸底部浮到水面上大口大口地吸气；当看向
屋外，你还会发现燕子飞得很低很低；墙角的洞穴里还会有

很多勤劳的小蚂蚁忙着搬家。

我们今天日常遇到的雨，一般持续的时间不长，半天、一天，或者几天，最长可能也不过一两个月。可是你知道吗？在地球漫长的历史上，可能出现过一次持续时间长达200万年的大暴雨！这个事件发生在大约2.3亿年前，被科学家们称为"卡尼期洪积事件"。

在长达200万年的"卡尼期洪积事件"中，许多原有的地球生物因为不能适应环境变化而灭绝了。不过另一些新兴的物种却在这个漫长的潮湿季中获得了新生。比如，耐水植物的兴起，使得大片森林得以出现，最终导致了动物界的新一代霸主——恐龙——强势崛起。也许对于恐龙来说，那连绵百万年之久的大暴雨也可以算得上是"好雨知时节"吧。

六、雪

在一千六百年前的东晋时期，有一个叫作谢道韫的女子。她生于东晋名门谢氏家族，从小饱读诗书，才华横溢。一天，谢道韫的叔父谢安在一个寒冷的雪天，将家中的子侄辈们聚到一起，讲论诗文。此时天上下起了大雪，叔叔谢安高兴地问大家："白雪纷纷何所似？"（这场纷纷扬扬的白雪像什么呢？）谢道韫的哥哥说："撒盐空中差可拟。"（把盐撒到空中飞舞的样子和这场雪差不多。）谢道韫却说："未若柳絮因风起。"（不如说，这场雪像是风吹柳絮漫天飞舞。）叔叔谢安听了谢道韫对白雪的比喻，大为赞赏，高兴地大笑起来。

从此以后，谢道韫便在历史上留下了一个"咏絮才"的名号。

纯白的雪总是给人以明净之感，是中国古代诗歌中一道亮丽的风景线。接下来，就让我们一起来感受一下雪是如何在诗中展现魅力的吧！

诗经·采薇（节选）

〔先秦〕佚名

昔我往矣，杨柳依依。今我来思，雨雪霏霏。

行道迟迟，载渴载饥。我心伤悲，莫知我哀！

回想我离开的时候，轻柔的杨柳在风中摇动。今日我已归来，却见满天的大雪纷飞。

道路泥泞难行，我感到又饥又渴。我满心的伤悲，却有谁能体会！

逢雪宿芙蓉山主人

〔唐〕刘长卿

日暮苍山远，天寒白屋贫。

柴门闻犬吠，风雪夜归人。

大山在日落的暮色中显得苍茫遥远，寒天白雪覆盖着简陋的小屋。

柴门外忽然传来犬吠的声音，原来是有人在风雪夜中归来。

终南望余雪

〔唐〕祖咏

终南阴岭秀，积雪浮云端。

林表明霁色，城中增暮寒。

终南山的山北景色秀美，山顶的积雪像与天上的浮云相连接。

雪晴后的暮光照亮树林，冰雪消融，为傍晚的城中增添了阵阵清寒。

夜雪

〔唐〕白居易

已讶衾枕冷，复见窗户明。

夜深知雪重，时闻折竹声。

已对被子枕头的寒凉感到惊讶，又见窗户外一片通明。

夜深时我知道屋外下了大雪，时不时能听见竹子被压断的声音。

雪后晚晴四山皆青惟东山全白赋

最爱东山晴后雪二绝句·其二

〔宋〕杨万里

只知逐胜忽忘寒，小立春风夕照间。

最爱东山晴后雪，软红光里涌银山。

我只知道追寻胜景却忘了天气的寒冷，稍稍停立在这春风吹拂的夕阳之中。

最爱的就是东山晴后的雪景，柔软的阳光里涌现出一座座银色的雪山。

冰雪是寒冷而明净的自然景观。

在寒冷的季节里，植物萧条，动物蛰伏，世界的景象变得单调而宁静。从天而降的飞雪和树木上、建筑上的飞雪把世间装点成银白色。诗人在寒冷的天气中向往着家的温暖，同时也欣赏着冰雪带来的明净的视觉感受。

本章所选的诗作中，祖咏的《望终南余雪》有一个背景故事。诗人祖咏年轻的时候到长安参加科举考试，考试的题目是写作一首题为"望终南余雪"的六韵十二句律诗。祖咏看完题目后稍加沉吟，提笔写下了"终南阴岭秀，积雪浮云端。林表明霁色，城中增暮寒"四句诗。这四句诗虽然字数少，但是意思完整，构思精妙，如果继续写反而会画蛇添足。所以祖咏就用这四句诗交了卷。考官看完以后很不满意，要求他补齐字数，可是祖咏坚持自己的作品已经写完。虽然最终没有被录取。但是这首诗歌却流传了下来，成了千古名作。

白居易的《夜雪》也是一首构思非常巧妙的作品，其中"夜深知雪重，时闻折竹声"二句尤其精彩。诗人用积雪压断竹子的声音来侧面描写积雪厚重，进而突出深冬时节天气寒冷，写作手法非常高明。

杨万里的诗写雪景很有新意，所谓"最爱东山晴后雪，软红光里涌银山"，写到太阳照耀在雪山上，红光映衬白雪，把雪景写出了一种暖色调的感觉，非常别致。

"昔我往矣，杨柳依依。今我来思，雨雪霏霏。"（《诗经·采薇》佚名）

"日暮苍山远，天寒白屋贫。"（《逢雪宿芙蓉山主人》刘长卿）

"终南阴岭秀，积雪浮云端。"（《望终南余雪》祖咏）

"夜深知雪重，时闻折竹声。"（《夜雪》白居易）

"最爱东山晴后雪，软红光里涌银山。"（《雪后晚晴四山皆青惟东山全白赋最爱东山晴后雪二绝句·其二》杨万里）

[万物百科]

雪花多呈六角形，花样繁多，之所以这样是因为冰的分子以六角形为最多，对于六角形片状冰晶来说，由于它面上、边上和角上的曲率不同，相应地具有不同的饱和水汽压，其中角上的饱和水汽压最大，边上次之，平面上最小。在实有水汽压相同的情况下，由于冰晶各部分饱和水汽压不同，其凝华增长的情况也不相同。

当实有水汽压仅大于平面的饱和水汽压时，水汽只在面上凝华，形成的是柱状雪花。当实有水汽压大于边上的饱和水汽压时，边上和面上都会发生凝华。由于凝华的速度还与曲率有关，曲率大的地方凝华较快，故在冰晶边上凝华比面上快，多形成片状雪花。当实有水汽压大于角上的饱和水汽压时，虽然面上、边上、角上都有水汽凝华，但尖角处位置突出。水汽供应最充分，凝华增长得最快，故多形成枝状或星状雪花。

七、风

从前，有一个叫列子的神仙，他能够乘风飞行。尹生听说了以后，前来拜列子为师。他每天帮列子打柴做饭，一有空就问列子乘风之道，但是列子一直没有搭理他。最后尹生实在按捺不住，愤然回家。回到家后，尹生左思右想，觉得不应该在还没学到本事的时候就离开，于是再次上门拜师。列子告诉尹生："我先前随着老师静心修炼，用了整整十年才学会。你在我门下仅仅几个月，学习期间，甚至不能让躁动的自己安静下来，怎么能学会御风之术呢？"尹生这才恍然大悟，不敢再有话说。

　　在大自然的诸多造物当中，"风"是最独特的一种：它无色、无味，更无具体的形态。人们只有在风拂过脸颊的那一瞬间，才能感知到它的存在。像"风"如此奇特的事物，古人是如何通过诗歌去描写它的呢？让我们一起开始本章的阅读吧。

大风歌

〔汉〕刘邦

大风起兮云飞扬。

威加海内兮归故乡。

安得猛士兮守四方！

大风吹动啊游云飞扬。

我的威名震动天下如今衣锦还乡。

在哪里能寻求到勇士为我镇守四方！

风

〔唐〕李峤

解落三秋叶，能开二月花。

过江千尺浪，入竹万竿斜。

能吹落秋天金黄的树叶，能吹开春天美丽的花朵。

刮过江面能掀起千尺浪花，吹入竹林能使万竿倾斜。

行路难三首·其一（节选）

〔唐〕李白

行路难！行路难！多歧路，今安在？

长风破浪会有时，直挂云帆济沧海。

道路多么难行啊！道路多么难行！道路分歧复杂，哪一条才是属于我的正确道路？

我相信终有一天我会乘着万里长风劈波斩浪，那时我将高挂云帆横渡沧海。

秋思

〔唐〕张籍

洛阳城里见秋风，欲作家书意万重。

复恐匆匆说不尽，行人临发又开封。

洛阳城里吹起了萧瑟的秋风，想要写一封家书却思绪万千。

害怕仓促成信说不尽思乡情，信使正要上路又被我叫住打开信封再写几句。

寄黄几复

〔宋〕黄庭坚

我居北海君南海，寄雁传书谢不能。

桃李春风一杯酒，江湖夜雨十年灯。

持家但有四立壁，治病不蕲三折肱。

想见读书头已白，隔溪猿哭瘴溪藤。

我住在北方海滨，而你住在南方海滨，欲托鸿雁传书，它却飞不了那么远的距离。

当年春风下观赏桃李共饮美酒，江湖落魄，一别已是十年，常对着孤灯听着秋雨思念着你。

你支撑生计也只有四堵空墙，艰难至此；你治理国家就像三折肱的良医一样，不需要去请求别人的经验。

想你清贫自守发奋读书，如今头发已白了吧，隔着充满瘴气的山溪，猿猴哀鸣攀援着深林里的青藤。

[诗歌赏析　无形]

为什么风无色、无味、无形，我们却能知道它的存在呢？因为风可以改变自然界各种事物原本的形态。正是因为风有着无色、无味、无形的特征，所以它在中国古代的诗歌中非常特别，可以代表的情绪非常多。

当风掀起海浪的时候，我们能感受到"长风破浪会有时，直挂云帆济沧海"的开阔自由；当风扬动游云的时候，我们能感受到"大风起兮云飞扬，威加海内兮归故乡"的壮志豪情；当风吹落秋天的黄叶，我们能感受到"洛阳城里见秋风，欲作家书意万重"的思乡之情；当微风拂过、桃李飘香的时候，我们能感受到"桃李春风一杯酒，江湖夜雨十年灯"的深情厚谊。

让我们再次回顾一下这些精彩的诗句：

"大风起兮云飞扬，威加海内兮归故乡。"（《大风歌》刘邦）

"解落三秋叶，能开二月花。过江千尺浪，入竹万竿斜。"（《风》李峤）

"长风破浪会有时，直挂云帆济沧海。"（《行路难·其一（节选）》李白）

"洛阳城里见秋风，欲作家书意万重。"（《秋思》张籍）

"桃李春风一杯酒，江湖夜雨十年灯。"（《寄黄几复》黄庭坚）

[万物百科]

我们时时刻刻都会和风打交道：春天我们会吹到和煦的风，夏天我们会期待清凉的风，秋天我们会吹到萧瑟的风，冬天我们躲避凛冽的风。亲爱的读者朋友，你想过风是怎么形成的吗？

当太阳光照在大地上，地面就会变得暖和起来。温度升高的时候，地面上的空气受热，变成热空气，热空气慢慢膨胀，从而变轻上升。等到热空气上升以后，地面上本该有空气的地方，空气却变得少了，这时候，远方比较冷的空气就会流动过来，跑到原来热空气上升之前的位置。

简单来说，有些地方的空气热，有些地方的空气冷。热的空气比较轻，会向高处飞；冷的空气比较重，会向低处沉。冷空气会流向原来热空气所在的地方。这种流动，就形成了风。

八、山岳

游览完了天空，让我们将目光聚焦到大地上。首先映入眼帘的是那雄奇的山岳，不管是在低处仰望，还是在高处俯瞰，瑰奇的山色都能深深地震撼我们的心灵。在古人心中，山岳是一种庄严肃穆、充满神秘感的存在。《穆天子传》中就记载了一个周穆王西巡昆仑山，见到神仙的故事。

　　周穆王是一个很有作为的君主，周王朝在他的带领下变得十分强大。晚年的时候，周穆王决定驾车巡游到西方的尽头——昆仑山。昆仑山巍峨延绵，十分雄伟，上面长满了参天古木，古树上结满了积雪一样晶莹的玉石，有色彩斑斓的凤凰盘旋在天空。传说，这里就是神仙们居住的地方。周穆王来到昆仑山，见到了昆仑山的主神西王母，她有着人的身体，却长着老虎的牙齿，豹子的尾巴。西王母虽然样子有些可怕，但却是一位很善良的神明。为了嘉奖周穆王造福人间的功绩，西王母让周穆王成了众神的一员，永远居住在美丽雄伟的昆仑山上。

　　在中华民族对"美"的想象中，山岳是永恒的元素，这不仅表现在神话传说中，更存在瑰丽的诗句里。

终南山

〔唐〕王维

太乙近天都，连山接海隅。

白云回望合，青霭入看无。

分野中峰变，阴晴众壑殊。

欲投人处宿，隔水问樵夫。

巍峨的终南山临近长安城，连绵不绝的山脉一直蜿蜒到了海边。

缭绕的白云在回望中聚合成一片，青色的雾霭进入山中却看不见。

终南山的主峰把地域分开，在不同的山头能看见阴晴各异的景象。

想在山中寻找人家去投宿，隔着水问那樵夫是否方便。

望天门山

〔唐〕李白

天门中断楚江开，碧水东流至此回。

两岸青山相对出，孤帆一片日边来。

长江将天门山从中间劈开，碧水滚滚东流在此回转澎湃。

天门山两岸的青峰在长江两侧相对而立，江面上的一片孤帆就像从太阳那边驶来。

望岳

〔唐〕杜甫

岱宗夫如何？齐鲁青未了。

造化钟神秀，阴阳割昏晓。

荡胸生层云，决眦入归鸟。

会当凌绝顶，一览众山小。

泰山究竟有多么雄伟？那焕发在齐鲁大地上的青翠山色没有尽头。

大自然在这里集聚了天地间的灵气，山的南北被分割成一暗一明如同黄昏与白昼。

升腾的层层云气，使心胸摇荡，极力张大眼睛远望归鸟隐入了山林。

当我登上泰山最高峰的时候，看见其他的山峰都显得那样渺小。

游钟山

〔宋〕王安石

终日看山不厌山，买山终待老山间。

山花落尽山常在，山水空流山自闲。

一整天看着钟山也不对它感到烦厌，真想在山上买座房子住着安享晚年。

山上的花朵落尽了，大山却长久地屹立不倒，山上的流水日夜流淌，大山却岿然不动，自在悠闲。

题西林壁

〔宋〕苏轼

横看成岭侧成峰，远近高低各不同。

不识庐山真面目，只缘身在此山中。

庐山横着看是大岭侧着看是高峰，随视线转移它的高低远近都各不相同。

不能认识到庐山真正的样子，只因我身在庐山之中。

[诗歌赏析 高远]

在中国文化中，大山象征着神秘和高远。

当古人登上直入云端的高山，身边环绕着轻盈的云朵，便会自然而然产生一种身在仙境的感觉。这就是所谓的"太乙近天都，连山接海隅"。在天气晴朗的时候，站在高山顶上向下远眺，又会产生站在世界之巅俯瞰世界的豪情壮志，我们可以用杜甫的诗句来表达这种豪情壮志："会当凌绝顶，一览众山小。"

此外，由于大山远离尘世，很难轻易到达，所以大山在古代文化中，还寄托着一种自由自在的生活理想。这就是王安石笔下写到的"山花落尽山常在，山水空流山自闲"。

"太乙近天都，连山接海隅。白云回望合，青霭入看无。"（《终南山》王维）

"两岸青山相对出，孤帆一片日边来。"（《望天门山》李白）

"会当凌绝顶，一览众山小。"（《望岳》杜甫）

"山花落尽山常在，山水空流山自闲。"（《游钟山》王安石）

"横看成岭侧成峰，远近高低各不同。"（《题西林壁》苏轼）

[万物百科]

中国是一个多山的国家，山地在广阔的疆域上连绵，这就构成了我们国家地势、地形的骨架。在这里，我们简单地介绍几条中国最主要的山脉。

秦岭山脉，它在东西方向上延绵1600多公里，与淮河一起构成我国的南北分界线。我们熟知的太白山、终南山、华山都是隶属于秦岭山脉的山峰，其中的太白山是秦岭山脉的主峰，海拔高达3771米。

太行山脉，这是一条南北走向的山脉，长度约400公里，其中最高的山峰是五台山，高达3061米。我们今天常说的"山东""山西"就是以太行山为界的。

唐古拉山脉和巴颜喀拉山脉，它们都是横亘在青藏高原之上的山脉。唐古拉山是长江的发源地，平均海拔高达6000米左右。成吉思汗曾想从唐古拉山借道，向南攻取南亚次大陆，却因为高寒缺氧败退而归。所以，唐古拉山脉被蒙古人称作"雄鹰难以逾越的高山"。

巴颜喀拉山脉则是黄河的发源地，平均海拔高达5000米左右。当年唐朝与吐蕃相互交往的古道就位于巴颜喀拉山，无论是文成公主，还是金城公主，她们入藏和亲都需要经过这条山脉。

九、江河

传说，世界上曾有一座支撑着天地的大山，叫作不周山。在很久很久以前，有一个名叫共工的神，还有一个名叫颛顼的神，他们在不周山展开了一场惊天动地的大战，大战持续了几天几夜，共工最后败给了颛顼。共工因此十分恼怒，悲愤地撞向了不周山。不周山这支撑天地的伟柱因此折断，整个天空向西北倾斜过去。

　　世间万物也因此发生了翻天覆地的变化：日月星辰都向西北运动，东方的大地向下陷，所有的江河湖水都向东汇集。江河就这样向东流，绵延不绝。

　　像江河这样悠远绵长的事物，诗人们会用什么样的笔触来书写它呢？接下来，让我们一起开启本章的阅读吧。

诗经·汉广（节选）

〔先秦〕佚名

南有乔木，不可休思。

汉有游女，不可求思。

汉之广矣，不可泳思。

江之永矣，不可方思。

南方有那又高又大的乔木，却不可在那树下歇凉啊。

汉江上有那美丽的游女，却不可去追求啊。

汉江如此的广阔呀，令我无法游泳渡过。

汉江如此的悠长呀，令我无法乘筏渡过。

春江花月夜（节选）

〔唐〕张若虚

春江潮水连海平，海上明月共潮生。

滟滟随波千万里，何处春江无月明！

江流宛转绕芳甸，月照花林皆似霰。

空里流霜不觉飞，汀上白沙看不见。

江天一色无纤尘，皎皎空中孤月轮。

江畔何人初见月？江月何年初照人？

人生代代无穷已，江月年年望相似。

不知江月待何人，但见长江送流水。

春天的潮水与无边的大海连成了一片，明月从海上升起就像从江潮中涌动出来一样。

月光洒在千万里的江面上随波闪动，哪里的春江没有明月照耀呢！

江流在芳草丛生的岸边宛转流淌，月光照在花林上就像一片洁白的雪霜。

空中流动的月光无从觉察，岸上的白沙与月色融合在一起令人无法看清。

江水与天的颜色混为一体明澈而无微尘，空中有那明亮洁白的孤月悬挂。

是什么人在江边第一次见到了月亮？江上的月亮又是在哪年第一次照向人间？

人一代又接着一代没有穷尽，江上的明月年复一年重复着不变的美丽。

不知道那江上的月亮是在等待什么人，只见到长江的流水滚滚而去。

金陵酒肆留别

〔唐〕李白

风吹柳花满店香，吴姬压酒劝客尝。

金陵子弟来相送，欲行不行各尽觞。

请君试问东流水，别意与之谁短长。

风吹起柳絮整个店里都是酒香，酒家女捧出新酒请客人品尝。

金陵的朋友们纷纷来为我送行，欲走还留之间各人纷纷饮尽杯中的酒。

请你问问这滚滚东流的江水，送别的情意和流水哪个更长。

竹枝词

〔唐〕刘禹锡

山桃红花满上头，蜀江春水拍山流。

花红易衰似郎意，水流无限似侬愁。

鲜红的野桃花开满了山头，蜀江的春水拍打着山岸流去。

这鲜红的花朵就像郎君的心意一样容易凋谢，而蜀江的水就像思妇的愁情一样绵绵不断。

念奴娇·赤壁怀古

〔宋〕苏轼

大江东去，浪淘尽，千古风流人物。故垒西边，人道是，三国周郎赤壁。乱石穿空，惊涛拍岸，卷起千堆雪。江山如画，一时多少豪杰。

遥想公瑾当年，小乔初嫁了，雄姿英发。羽扇纶巾，谈笑间，樯橹灰飞烟灭。故国神游，多情应笑我，早生华发。人生如梦，一樽还酹江月。

大江滚滚东流，浪花像淘金沙一样，淘洗出千百年来杰出的人物。当年营垒的西边，人们说那里是三国时期周瑜打败曹操的赤壁。乱石直耸云霄，惊骇的波涛拍打江岸，卷起的浪花就像千堆白雪。江山美如图画，一时间涌现出了许多英雄豪杰。

遥想周瑜当年，美丽的妻子小乔刚刚嫁给他。周瑜手摇羽扇头戴纶巾，英姿勃发，在谈笑之间就运用火攻让敌人的船队灰飞烟灭。我今日神游当年的战地，可笑我多愁善感，过早地生出满头白发。人生犹如一场梦，举起酒杯奠祭这万古的明月。

[诗歌赏析　永恒]

在两千五百年前，孔子曾经站在江岸边，对着滚滚逝去的流水发出了这样的感慨：“逝者如斯夫，不舍昼夜。”（逝去的时光就像这流水一样啊，日夜不停。）

孔子究竟在感叹着什么呢？滚滚不息的江河让他联想到

了永远不停留的时间，想到时间像水一样不停地流走，这真是一件令人忧伤的事情。

在中国古代的诗歌当中，江河不单单只是流动的水，它在诗人眼里很多时候代表着"永恒"。什么是"永恒"呢？我们可以把它理解为"一直""永远"。江河一直向东流去，时间永远不再复返，相比之下，诗人们自然会想到人的生命是如此的短暂，令人忧伤。

就像在被誉为"孤篇压倒全唐"的《春江花月夜》中，诗人张若虚描述的那样，江水、海潮、鲜花、明月……非常美，每件事物单独看起来就很美，放在一起更美。但是，诗人看到的夜景越美，就越有一种摆脱不了的难过，那就是——人的生命是有限的，再美好的东西，过一百年、几百年，美好的东西依旧，但是曾经的人物却像流水一样逝去了。

"汉之广矣，不可泳思。"（《诗经·汉广》佚名）

"江畔何人初见月？江月何年初照人？"（《春江花月夜》张若虚）

"请君试问东流水，别意与之谁短长。"（《金陵酒肆留别》李白）

"花红易衰似郎意，水流无限似侬愁。"（《竹枝词》刘禹锡）

"大江东去，浪淘尽，千古风流人物。"（《念奴娇·赤壁怀古》苏轼）

[万物百科]

在传说中，水神共工因为撞断了不周山，导致了东方的大地下陷，所以今天的江河大多都向东流去。

根据现代地理学知识，江河向东流去的真正原因是我们国家的地势西高东低。打开中国地图，你会发现，西部有一座雄伟的高原——青藏高原，它是整个世界平均海拔最高的地方，被称为"世界屋脊"，中国的长江与黄河的源头在这里。当我们把目光向中部和东部延伸，会发现地势陡然下了一个台阶，水因此就会像瀑布一样，从高的地方冲下来。这就是江河从西向东流的原因。

中国古代的文学作品中，"江"与"河"两个字专指"长江"与"黄河"，而对于黄河、长江之外的河流，我们常常把它们叫作"川"或者"水"。

长江和黄河之所以在中国文化中具有如此独特的地位，是因为这两条大江河一南一北，绵延数千公里，影响了中华文明的产生和发展，是中国文明的摇篮。

长江和黄河不仅是中国长度位列一二的两条大江河，也是位居世界前列的大江河，长度分别排名世界第三和第五。中国是全世界拥有河流数量最多的国家之一，除了长江和黄河以外，还有许多源远流长的大型河流，比如黑龙江、松花江、珠江、雅鲁藏布江、澜沧江、怒江、汉江、辽河，等等。以上提到的八条江河，和长江、黄河一起，并称为"中国十大河流"。这些河流纵横交织，共同造就了中国丰富的水资源。

正是由于拥有如此丰富的淡水资源，古代中国才能够建立起高度发达的农业文明。所以江河在中国古代诗人的诗歌作品中，成了一种经常出现的歌咏对象，或热情奔涌，或涓涓细流地流淌在中国人的文化血脉之中。

值得注意的是，中国境内虽然水源丰富，但水资源的分布却非常不均匀，许多地区仍然处于缺水的状况之中。在现代，中国人通过兴建大型水利设施的方式平衡全国的用水需求。其中最重要的举措，就是"南水北调"工程，简单来说，就是通过修建大型水利设施的方式把南方的水源引入到北方使用。这是一项举世瞩目的超级工程，值得我们骄傲和自豪。

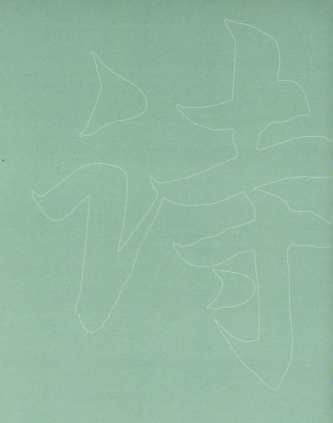

十、湖泊

上一章我们讲过了大江大河，这一章我们就要来讲一讲它们的好朋友——湖泊。相比江河，湖泊有什么特点呢？我们将在本章诗歌的学习中找到答案，在开始学习之前，让我们先来读一读娥皇和女英的故事吧！

　　娥皇和女英是尧帝的两个女儿，尧帝将她们嫁给了自己的继承人舜帝。传闻，舜帝的晚年，在今天湖南的苍梧山上有恶龙作乱危害百姓。舜帝关心百姓疾苦，亲自前往苍梧山探查情况，却不料死于苍梧山。娥皇和女英外出寻找丈夫，来到洞庭山下得知了丈夫去世的消息，抱着青竹痛哭，把竹子染得泪迹斑斑。后来，娥皇和女英投入洞庭湖而亡，成了湘水之神。

　　在今天，当地山上的竹子仍有着紫褐色的斑点，人们都说这是娥皇与女英的泪迹，这些竹子因而也被叫作"湘妃竹"。因为世人称娥皇和女英为君妃，所以洞庭山后来也被叫作"君山"。君山与湘妃竹成为洞庭湖上别致的一景。

回乡偶书·其二

〔唐〕贺知章

离别家乡岁月多，近来人事半消磨。

惟有门前镜湖水，春风不改旧时波。

离开家乡已经很多年了，家乡的人事变迁都很大。

只有门前那镜湖的水，春风吹皱水波恍如当年。

望洞庭湖赠张丞相

〔唐〕孟浩然

八月湖水平，涵虚混太清。

气蒸云梦泽，波撼岳阳城。

欲济无舟楫，端居耻圣明。

坐观垂钓者，徒有羡鱼情。

八月的洞庭湖水涨得与岸一样平，水天一色交相辉映。

云梦泽的水汽蒸腾，湖中波涛汹涌仿佛能将岳阳城撼动。

想要渡过洞庭湖却找不到船，我在圣明的时代闲居，愧对明君。

闲看湖边垂钓的渔翁，心中空怀一片对钓鱼者的羡慕之情。

陪族叔刑部侍郎晔及中书贾舍人至游洞庭五首·其一

〔唐〕李白

洞庭西望楚江分，水尽南天不见云。

日落长沙秋色远，不知何处吊湘君。

向洞庭湖的西边眺望，远远看到流经楚地的江河分流，洞庭湖水一望无边，消失在南边无云的天空。

在秋天空阔的天空中，太阳西沉在遥远的长沙，不知道要去哪里凭吊神话传说中的湘君。

陪族叔刑部侍郎晔及中书贾舍人至游洞庭五首·其二

〔唐〕李白

南湖秋水夜无烟，耐可乘流直上天？

且就洞庭赊月色，将船买酒白云边。

秋天夜晚的洞庭湖水明净无烟，怎么才能乘着湖中流水直通天上？

我姑且向洞庭湖借来几分月色，乘着船，买来酒，在白云边上痛饮。

题龙阳县青草湖

〔元〕唐珙

西风吹老洞庭波，一夜湘君白发多。

醉后不知天在水，满船清梦压星河。

西风吹起波纹，令洞庭湖看上去苍老了许多。一夜之间传说中的湘君增添了许多白发。

喝醉之后分不清水中的星辰是天空的倒影。船上载满了清寂的梦，和我一起躺卧在星河之上。

[诗歌赏析　宽广]

湖泊在形态上比江河宽广。在地图上，我们看到江河是弯曲的线条形状，而湖泊往往是一片不规整的平面。不过，湖泊和江河都有一个共同点，就是都可以灌溉庄稼，支持农业生产，所以古人除了依靠河流建造城市以外，还常在湖泊旁边居住。

相比奔流不息的江河，湖泊在意境上往往是壮阔的。在中国古代，最著名的湖泊是洞庭湖。在更早的时候，它还有另外一个非常浪漫的名字，叫作"云梦泽"，泽是"大湖"的意思，"云梦泽"的意思就是如云如梦的湖。在中国古代诗歌中，描写云梦泽或者洞庭湖的诗歌非常多，比如孟浩然的千古名句"气蒸云梦泽，波撼岳阳城"，写出了洞庭湖风云变幻时的力量感。又比如李白的诗句"洞庭西望楚江分，水尽南天不见云"，写出了洞庭湖吞吐江河、一望无边的壮阔。

当然，还有另外一些诗歌作品在写到湖泊的时候会着力描写它们平静的一面。因为湖水一般具有一定的体量，在天气稳定的时候，平静的湖面也会带给人一种平静的力量，所以诗人经常会用镜面来比喻湖面，或者用皱纹来比喻湖面泛起的微波，在意境的展现上相对平和。

"惟有门前镜湖水，春风不改旧时波。"（《回乡偶书·其二》贺知章）

"气蒸云梦泽，波撼岳阳城。"（《望洞庭湖赠张丞相》孟浩然）

"洞庭西望楚江分，水尽南天不见云。"（《陪族叔刑部侍郎晔及中书贾舍人至游洞庭五首·其一》李白）

"南湖秋水夜无烟，耐可乘流直上天？"（《陪族叔刑部侍郎晔及中书贾舍人至游洞庭五首·其二》李白）

"西风吹老洞庭波，一夜湘君白发多。"（《题龙阳县青草湖》唐珙）

洞庭湖现有面积大约是2600平方公里，是我国面积第二大淡水湖。在古代，洞庭湖号称"八百里洞庭"，虽然这一说法存在夸张的成分，但毫无疑问的是，古时候的洞庭湖，要比我们现在能见到的大得多。

5世纪成书的《水经注》记载："洞庭湖水广圆五百余里，日月若出没于其中。"这一数据换算成我们今天的通用单位，当时洞庭湖的面积大约4400平方公里。在唐宋时期，由于人们围湖造田，洞庭湖湖域大大缩小，彼时洞庭湖的面积大约3300平方公里。元代统治者对洞庭湖采取的是"退湖还田"的政策。到了明代，生活在洞庭湖区域的人们不堪苛征重税，纷纷流亡，因此这一时期的洞庭湖的面积又有所扩大，大约5600平方公里。此后，洞庭湖的面积一直在4000到6000平方公里的范围内浮动（以上数据皆来自地理学家卜鸿翔的考证测算）。

如今，和平昌盛的社会环境给人们提供了良好的生产环境。最开始，我们没有注意到可持续发展的重要性，为了有更多的经济收益，就大肆开发洞庭湖，导致湖泊天然面积缩小到今天的2600平方公里。但现在，绿色可持续发展的观念逐渐深入人心，洞庭湖的生态环境也在逐日好转。相信我们很快就能再次见到古人所见到的、烟波浩渺的洞庭湖了。

十一、海洋

在前面的章节中，我们已经讲过了江河和湖泊。除了江河湖泊之外，水还有另外一种重要的形态——海洋。

传说，很久很久以前，炎帝有个女儿叫精卫。有一天精卫乘着船到东海玩耍，在海上遇到了风暴，浪涛打翻了小船，精卫掉进海里被大海吞没了。精卫死后，灵魂化为了一只小鸟，头上的羽毛有着美丽的花纹，小小的鸟爪是赤红色的，白白的嘴巴发出"精卫、精卫"的鸣叫，人们便把它叫作精卫鸟。精卫鸟栖息在西山的柘林中，每天它都会衔着西山的树枝和石头飞向东边，去填塞曾经吞没过她的东海。就这样日往月来，年复一年，精卫鸟从来没有停止过。

观沧海

〔三国〕曹操

东临碣石，以观沧海。

水何澹澹，山岛竦峙。

树木丛生，百草丰茂。

秋风萧瑟，洪波涌起。

日月之行，若出其中。

星汉灿烂，若出其里。

幸甚至哉，歌以咏志。

东行登上了碣石山，得以观赏苍茫的大海。

海水波涛激荡，山岛高高屹立在海边。

岸上树木丛生，百草茂盛。

萧瑟的秋风吹来，海中的波涛涌起。

日月的运行，好像从大海怀中升起落下。

灿烂的星星，好像从大海怀中涌出。

我多么幸运能够看到眼前壮阔的景象啊，禁不住用诗歌来抒发自己的志向！

江楼夕望招客

〔唐〕白居易

海天东望夕茫茫，山势川形阔复长。

灯火万家城四畔，星河一道水中央。

风吹古木晴天雨，月照平沙夏夜霜。

能就江楼消暑否？比君茅舍较清凉。

东望那茫茫夕阳下的大海和天空，山岳的气势和川水的姿态开阔悠长。

万家灯火照亮了整座城市，一道银河映在水的中央。

风吹着老树声音就像晴天下的雨，月照在平沙上仿佛夏夜的雪霜。

你能不能来这江楼之上消消暑气？这里肯定比你的茅舍更加清凉。

临江仙·夜饮东坡醒复醉

〔宋〕苏轼

夜饮东坡醒复醉，归来仿佛三更。家童鼻息已雷鸣。敲门都不应，倚杖听江声。

长恨此身非我有，何时忘却营营。夜阑风静縠纹平。小舟从此逝，江海寄余生。

晚上我喝酒喝到醉了又醒，醒了又醉，回到家的时候好像已经是深夜的三更时分。家里的小童子这时已经睡熟，在门外就能听见他的呼噜声，我敲门他也听不见。我就干脆站在门口拄着手杖听江水流淌的声音吧。

身不由己是一件多么令人难过的事情，我什么时候才能够忘掉那些世俗之事啊！趁着现在夜深人静，风平浪静，我多么想驾着小船从此归隐，到远离政治风浪的江河湖海里自由自在地度过余生。

六月二十日夜渡海（节选）

〔宋〕苏轼

参横斗转欲三更，苦雨终风也解晴。

云散月明谁点缀？天容海色本澄清。

天上的参星和北斗星转移已经快到了三更时分，就算是连绵阴雨和大作狂风也会有放晴的时候。

散淡的云和明朗的月是谁将它们点缀到了天空中？映衬得天空的面貌和海的颜色更加澄澈清明。

秋夜将晓出篱门迎凉有感二首·其二

〔宋〕陆游

三万里河东入海，五千仞岳上摩天。

遗民泪尽胡尘里，南望王师又一年！

三万里的黄河向东奔流入大海，五千仞的高山耸立直抵云端。

人们在金兵占领的沦陷区流尽了眼泪，向南盼望祖国的军队前来收复失地，盼了一年又一年。

浪淘沙·北戴河

毛泽东

大雨落幽燕，白浪滔天，秦皇岛外打鱼船。一片汪洋都不见，知向谁边？

往事越千年，魏武挥鞭，东临碣石有遗篇。萧瑟秋风今又是，换了人间。

大雨飘落在幽州的大地上，海上的波浪滔滔连天，秦皇岛外的打鱼船，隐没在起伏的汪洋中，也不知它将驶向何处。

往事已经过去了千年，当年的魏武帝挥鞭策马，东行登上碣石山留下了《观沧海》的千古名作。今天的秋风和千百年前一样萧瑟，可是人间已经发生了天翻地覆的变化，令人感慨万千。

[诗歌赏析　壮阔]

在中国古代文化之中，海洋象征着未知、神秘和气势磅礴。

从地理上看，中国位于亚欧大陆的最东端，面朝世界上面积最大的一片海洋——太平洋。和发源于地中海的欧洲文明有所不同，中国自古以来是一个大陆农耕型的文明国家，大多数时候，人们在陆地上繁衍生息、自给自足。对于广阔无边的海洋，人们对它的未知和神秘充满了敬畏。无法一探究竟的海平线之外，装载着古人许多神奇的想象。比如说，古人想象着海洋是日月星辰的居所，就像三国时期著名的政治家、文学家曹操站在海边的高山发出的感慨："日月之行，若出其中。星汉灿烂，若出其里。"在曹操心目中，能够吞吐日月星辰的大海是世界上最壮阔的事物，也寄托着他的远大理想。

在接近两千年之后，另一位现代中国伟大的政治家、文学家毛泽东站在渤海之滨，想起当年曹操的千古名句，心中升起了古今英雄间的惺惺相惜之感，写下了这首诗歌名篇，并且向世界宣告："萧瑟秋风今又是，换了人间。"海边吹来的秋风千年不变，可是今天的中国已经昂首进入现代文明国家之列，这足以令人自豪，更体现了作者大海般博大的胸怀。

"日月之行，若出其中。星汉灿烂，若出其里。"

（《观沧海》曹操）

"海天东望夕茫茫，山势川形阔复长。"（《江楼夕望招客》白居易）

"小舟从此逝，江海寄余生。"（《临江仙》苏轼）

"云散月明谁点缀？天容海色本澄清。"（《六月二十日夜渡海》苏轼）

"三万里河东入海，五千仞岳上摩天。"（《秋夜将晓出篱门迎凉有感二首·其二》陆游）

"往事越千年，魏武挥鞭，东临碣石有遗篇。萧瑟秋风今又是，换了人间。"（《浪淘沙·北戴河》毛泽东）

[万物百科]

如果在宇宙太空中凝望我们的故乡地球，我们会发现平日里居住的地球其实更像一个"水球"，"水球"上只有三分陆地，剩下的地方全被浩瀚无垠的水覆盖住了。这些水，有些被陆地隔开，变成河流与湖泊；有些连成了一片，反过来包围着陆地，变成了海洋。

然而它们却又是互相流通的。奔流的江河在穿越大半个中国时可能会感到疲惫，这时候它会流进湖泊当中歇息一会，变成平阔的湖水。不久，在湖泊的另一端，湖水就整装待发，重新变为翻腾的江河，向大海流去。

聪明的你可能会问：那么江河和湖泊的水难道不会流尽吗？原来，大海中的水会在太阳的影响下变成云，重新向陆地飘去，最后形成雨水落下来，补充着江河湖泊，就这样形成生生不息的水循环。

在中国传统文化中，海洋总是充满着神秘和奇幻。这是因为古代中国主体上是一种大陆型文明。简单来说，就是依靠广袤的土地来开展种植，获取生活所需。而面对壮阔而未知的海洋，古代中国人的探索则相对薄弱。

令人振奋的是，今天的中国已经从古典走向现代，从广袤的大地走向了更加辽阔的海洋。由中国发起的"一带一路"（"丝绸之路经济带"和"21世纪海上丝绸之路"的简称）合作倡议，努力将我们的国家通过陆上交通和海上交通，与世界紧紧联系成为一个整体。它标志着现代中国正在从大陆型文明国家，升级转变为大陆型和海洋型兼备的新型文明国家。这是21世纪的中国最激动人心的历史进程之一。

十二、长安

城市的出现，是人类走向成熟和文明的标志。在今天，北京、上海、广州等城市熠熠生辉，印证着我们国家的富庶与繁荣。在中国古代，同样有着许多令人称道的城市，它们像钻石一样镶嵌在神州大地上，在漫漫的历史长河中散射着无尽的光芒。在中国古代这么多的名城里，我们必须首先介绍超级都市长安。

让我们一起先来听听"居大不易"的故事。

唐朝诗人白居易在十六岁的时候，从家乡来到长安城，他带着自己写的诗去拜访一位叫顾况的名士。顾况看到诗稿上"白居易"的名字，便开玩笑说："长安城的米这么贵，在这里居住不容易呀！"等到顾况翻开白居易写的诗，读到"离离原上草，一岁一枯荣。野火烧不尽，春风吹又生"的句子时，连忙拍手叫好，说道："有这样的文采，在长安居住下去又有什么难的？"在这之后，顾况常常在他人面前称赞白居易的诗才，白居易也因此名声大振。

古代的长安城与今天的北京十分相似，它既是古中国的政治经济中心，也是文化中心。它的繁华令诗人们向往，那么长安城的繁华是如何在诗歌中表现的呢？让我们一起来开启本章的学习吧！

长安古意（节选）

〔唐〕卢照邻

长安大道连狭斜，青牛白马七香车。

玉辇纵横过主第，金鞭络绎向侯家。

龙衔宝盖承朝日，凤吐流苏带晚霞。

百尺游丝争绕树，一群娇鸟共啼花。

长安纵横的大道连接着小道，青牛白马拉着的香车在长安城内川流不息。

玉车奔驰出入王公的府邸，金鞭策马来往贵族的住宅。

飞龙衔着车盖照映着朝阳，灵凤嘴吐流苏映带着晚霞。

高大的树木上缠绕着长长的细丝，娇俏的小鸟们在鲜花中尽情鸣叫。

秋兴八首·其六

〔唐〕杜甫

瞿塘峡口曲江头，万里风烟接素秋。

花萼夹城通御气，芙蓉小苑入边愁。

珠帘绣柱围黄鹄，锦缆牙樯起白鸥。

回首可怜歌舞地，秦中自古帝王州。

瞿塘峡的峡口到曲江的江岸，正是笼罩着万里风烟的秋天。

当年花萼楼的复道下有着皇帝来往的御驾，如今芙蓉园笼罩着边境战乱的忧愁。

有着珠帘与绣柱的宫殿飞着黄鹄鸟，装饰着彩色船索和象牙桅杆的游船惊起了休憩的白鸥。

回头看时心中怜爱那昔日繁华的长安，秦中的长安自古以来就是帝王之州。

长安春

〔唐〕白居易

青门柳枝软无力，东风吹作黄金色。
街东酒薄醉易醒，满眼春愁销不得。

长安东门的杨柳枝条柔软无力，春风将它吹成黄金的颜色。

长安东街的酒淡使人醉后易醒，让人满眼的春愁无法消除。

过华清宫绝句三首·其一

〔唐〕杜牧

长安回望绣成堆，山顶千门次第开。
一骑红尘妃子笑，无人知是荔枝来。

在长安回望骊山宛如一堆堆艳丽的织绣，山上华清宫的门重重打开。

车马驰来扬起红尘博得妃子的欢笑，没有人知道那是从南方送来了荔枝鲜果。

登科后

〔唐〕孟郊

昔日龌龊不足夸，今朝放荡思无涯。

春风得意马蹄疾，一日看尽长安花。

从前困顿的日子再也不值一提，今天金榜题名让我神思飞扬。

心情像春风一样轻快，骑着快马在城里游荡，一天看尽长安城盛开的繁花。

[诗歌赏析　雍容]

"长安"是"长治久安"的意思，它是今天陕西省会西安市的古称。在中国历史上，一共有十三个朝代定都长安，这个城市也变为了当时国家中心的象征。同时，长安也是中国传统文化中"肃穆雍容"的代名词。

什么是"肃穆雍容"呢？"雍容"就是华贵从容，而"肃穆"可以理解为庄重。想象自己置身于一片宫殿的海洋中，万千道光墙拨开云层直劈下来，飞舞的扬尘拍碎在黄金色的琉璃瓦上，散射的光涂满了一辆缓缓行过的车轿，车身满是玉叶金雨的装潢，车盖缀着的流苏微微摇动，下面坐着统摄天下的帝王。这种雅重的气息从宫殿最中心升起，向四周铺开，充盈着每一道栽满花柳的巷陌，笼罩着整个长安城。如果你穿越历史，看着眼前的场景，不由得肃然起敬。如果有机会，一定要循着今天学到的诗句，亲自去看看那举世闻名的千年古都，去寻找长安城留下来的遗韵。

虽然与"长安"相关的不同诗句各有各自的情感，但它们的基调却不能离开"雍容肃穆"这四个字，让我们一起来回顾一下吧！

"长安大道连狭斜，青牛白马七香车。玉辇纵横过主第，金鞭络绎向侯家。"（《长安古意》卢照邻）

"回首可怜歌舞地，秦中自古帝王州。"（《秋兴八首·其六》杜甫）

"青门柳枝软无力，东风吹作黄金色。"（《长安春》白居易）

"长安回望绣成堆，山顶千门次第开。"（《过华清宫绝句三首·其一》杜牧）

"春风得意马蹄疾，一日看尽长安花。"（《登科后》孟郊）

[万物百科]

在古代中国，长安城繁华的顶点时代是唐朝（618年—907年）。在当时，长安城可以说是整个世界上最恢宏、繁华的城市。根据现代考古学的研究，唐代长安城的占地面积有80多平方公里。

通过对比，我们可以对这一数据有更具体的感知。1世纪的古罗马城，占地面积大概是20平方公里，这一面积相当于2800个标准足球场；而长安城的面积是罗马城的4倍左右。君士坦丁堡是东罗马帝国的首都，它与唐代长安城所处的历史时期比较接近，但对比起来，君士坦丁堡的面积也比长安要小的多。

除此之外，长安城的周围有许多粮产区，这让这座城市能够养活许多人口，岑参在《秋夜闻笛》中说"长安城中百万家，不知何人吹夜笛"，韩愈在《出门》也有"长安百万家，出门无所之"的描写。

十三、洛阳

古代的洛阳又被称为"东都"或者"东京"。为什么要把洛阳叫作"东都"或者"东京"呢？因为洛阳城坐落在长安城的东边，相比起长安，古代许多帝王更喜欢待在洛阳，甚至有些帝王还会直接把国都定在洛阳，洛阳因此便有了"东都"之称。历史上有许多关于洛阳的趣事，其中最著名的便是"洛阳纸贵"的故事。

　　西晋时期，有一个叫左思的文学家，他想要将三国时期魏、蜀、吴首都的风土人情写成一篇《三都赋》。写《三都赋》花费了左思整整十年的时间，寒来暑往，他家门前都堆满了为写《三都赋》而用废的纸笔。待到写成的那一天，文章轰动了整个洛阳城，当时喜爱《三都赋》的人们竞相传抄。因为传抄的人太多，洛阳的纸张供不应求，一时间纸价大大上涨，造成了"洛阳纸贵"的局面。

　　今天坐火车从古都长安出发到洛阳，仅仅只需要几个小时，就算是在交通不便的古代，花费时间也不长。洛阳和长安相邻得如此之近，但两座城市却有着迥然相异的风貌，洛阳独特的情韵让无数诗人沉醉其中，就让我们一起通过学习诗歌来感受吧！

代悲白头翁（节选）

〔唐〕刘希夷

洛阳城东桃李花，飞来飞去落谁家？

洛阳女儿惜颜色，坐见落花长叹息。

今年花落颜色改，明年花开复谁在？

已见松柏摧为薪，更闻桑田变成海。

古人无复洛城东，今人还对落花风。

年年岁岁花相似，岁岁年年人不同。

洛阳城东的桃李花随风飘转，飞来飞去飘落谁家？

洛阳的女子爱惜这花朵短暂美好的颜色，坐看零落的花朵长声叹息。

今年飞花飘落颜色衰改，明年花开的时候又有谁看见它们呢？

已见过松柏被砍伐做成了木柴，更听闻农田变成了汪洋大海。

古时候的人无法再来到这洛阳城的东边，今天的人却依旧面对着随风而落的花朵。

年年岁岁的繁花都相似，岁岁年年观花的人却不相同。

闻官军收河南河北

〔唐〕杜甫

剑外忽传收蓟北，初闻涕泪满衣裳。

却看妻子愁何在？漫卷诗书喜欲狂。

白日放歌须纵酒，青春作伴好还乡。

即从巴峡穿巫峡，便下襄阳向洛阳。

剑门关外忽然传来蓟北失地被收复的消息，刚知道的时候我的眼泪沾满了衣裳。

回头看妻子和孩子早没了忧愁，胡乱收拾好诗书感到欣喜欲狂。

日头高照的时候应该高歌痛饮美酒，春光明媚陪伴着我返回故乡。

即刻起身乘船从巴峡穿过巫峡，再经襄阳出发直向洛阳。

赏牡丹

〔唐〕刘禹锡

庭前芍药妖无格，池上芙蕖净少情。

唯有牡丹真国色，花开时节动京城。

庭院前的芍药花太过艳丽而没有格调，池中的荷花明净冷清缺少热情。

只有牡丹花才称得上国色天香，开花时候的盛况会轰动整个洛阳城。

菩萨蛮·其五

〔唐〕韦庄

　　洛阳城里春光好，洛阳才子他乡老。柳暗魏王堤，此时心转迷。

　　桃花春水渌，水上鸳鸯浴。凝恨对残晖，忆君君不知。

　　洛阳城中的春光明媚姣好，但我身为洛阳才子却只能终老他乡。柳树荫浓令魏王堤呈现一片幽色，此时我的心情变得惆怅凄迷。

　　桃花映照在澄净的春水中，有鸳鸯游水沐浴。怀着无限惆怅面对落下的夕阳，心中怀念远方的你，而你却不知道。

鹧鸪天·西都作

〔宋〕朱敦儒

　　我是清都山水郎。天教分付与疏狂。曾批给雨支风券，累上留云借月章。

　　诗万首，酒千觞。几曾着眼看侯王。玉楼金阙慵归去，且插梅花醉洛阳。

我是天宫中管理山和水的郎官。上天赋予我狂放的性格。我曾被给予管理风雨的凭证，还多次留下彩云借走明月。

写诗万首，饮酒千杯。哪曾对王公贵侯正眼相看。就算是有着玉楼金殿的天宫我也懒得去，只愿意插着梅花醉倒在洛阳城中。

[诗歌赏析　艳丽]

洛阳在今天的河南省，那里有一条名为洛水的河流，因为洛阳建城在洛水的北面，这座都市就因地处"洛水之阳"而得名。

古代许多诗歌写到洛阳城的时候，一定会顺带描写一些颜色艳丽的花朵。其中最具代表性的就是牡丹，牡丹花在中国文化当中象征着富贵与艳丽，而这正是洛阳城所拥有的独特风韵。将古时候的长安和洛阳对比，长安显得肃穆雍容，而洛阳就显得富贵艳丽。

这种艳丽正像是牡丹花的斑斓色彩，古人行走在洛阳城的街道上，因为身处令人炫目的牡丹丛中忘却种种烦恼，内心只被眼前繁华艳丽的景象占据，心情像鲜花一样绽放开来。这是一种饱满、富足、洋溢着温情的生命状态，是诗人不能拒绝的生活理想。

正是因为洛阳城就像一方温柔富贵乡，它的繁华令人难以拒绝，所以无数诗人甚至将它当成了自己的精神故乡。接下来，就让我们一起通过回味诗句去加深对洛阳城的理解：

"年年岁岁花相似，岁岁年年人不同。"（《代悲白头翁》刘希夷）

"即从巴峡穿巫峡，便下襄阳向洛阳。"（《闻官军收河南河北》杜甫）

"唯有牡丹真国色，花开时节动京城。"（《赏牡丹》刘禹锡）

"洛阳城里春光好，洛阳才子他乡老。"（《菩萨蛮·其五》韦庄）

"玉楼金阙慵归去，且插梅花醉洛阳。"（《鹧鸪天·西都作》朱敦儒）

[万物百科]

隋唐以来，城都乡间都有着各式各样的赏花活动，其中最著名的便是"牡丹花会"。

每年公历4月，是牡丹花盛开的时候。洛阳是牡丹之乡，因此洛阳的牡丹花会也格外盛大。

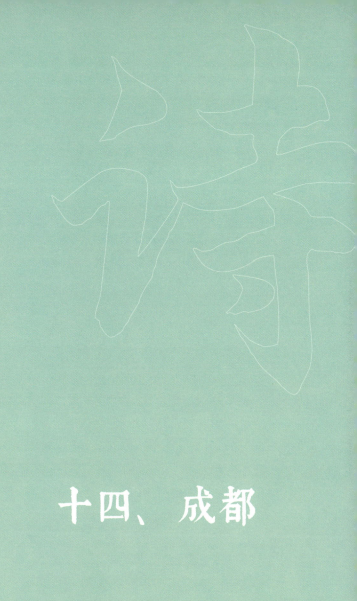

十四、成都

前两章我们讲过了长安与洛阳，而本章的主角是古代另一座繁华富庶历史名城——成都。古时候，人们把四川叫作"蜀"，而成都正是"蜀地"文化集中突出的代表。在正式了解这座古城之前，让我们一起来了解"文君当垆"的故事吧！

在汉朝，四川有一位名叫卓文君的女子，她是巨商卓王孙的女儿。卓文君家境优渥，又生得美丽动人，同时擅长弹琴写诗，是一位不可多得的才女。有一次，大才子司马相如到卓王孙家中赴宴，他在宴会上弹奏了一曲《凤求凰》。卓文君听到琴声，心生欢喜，从此就爱上了司马相如。司马相如心里也喜欢卓文君，就借机向她转达自己的爱慕之情。知道了司马相如的心意后，卓文君在一天夜里逃出家门，与司马相如私奔。知道自己女儿私奔的事情后，卓王孙十分生气，他发誓不会给自己的女儿一分钱。

司马相如本身家境贫寒，而卓文君又没能得到父亲的支持，两人的生活很快就陷入窘境。司马相如和卓文君相互商量，最终决定把现有的行李家当都卖掉，买下了一家酒店，两人卖酒为生。司马相如在店中忙活，卓文君就在街上吆喝卖酒，日子过得倒也舒适惬意。后来，司马相如因文采受到汉武帝的赏识，受到封赏做官。从此以后，美丽的卓文君就再也不用出街卖酒，整日操劳了。

"文君当垆"这个故事后来慢慢流传开来，它也展现了蜀地独特的历史风情。下面，让我们在古代诗歌中体会一下成都这座城市。

蜀相

〔唐〕杜甫

丞相祠堂何处寻？锦官城外柏森森。

映阶碧草自春色，隔叶黄鹂空好音。

三顾频烦天下计，两朝开济老臣心。

出师未捷身先死，长使英雄泪满襟！

蜀国丞相诸葛亮的祠堂去哪里寻找？它就在锦官城外郁郁苍苍的柏树林中。

碧绿青草的光影映照在石阶上自显一片春色，黄鹂鸟们隔着枝叶对唱，音色清脆明亮。

先主三顾茅庐屡向您请教定夺天下的大计，辅佐两代君王开创建设国家尽显老臣忠心。

出师征战还未取得胜利却先病死，这真是让古今英雄伤心落泪的事情啊！

春夜喜雨

〔唐〕杜甫

好雨知时节，当春乃发生。

随风潜入夜，润物细无声。

野径云俱黑，江船火独明。

晓看红湿处，花重锦官城。

好雨似乎明白挑选时节，选择在春天降临人间。

它随风潜入夜色，无声地滋润着万物。

黑云笼罩了田野的小路，夜中只有江上渔船亮起了灯火。

清晨的露珠挂满鲜花，锦官城因为花的点缀显得万紫千红。

成都曲

〔唐〕张籍

锦江近西烟水绿，新雨山头荔枝熟。

万里桥边多酒家，游人爱向谁家宿？

锦江的西面烟波青绿浩渺，雨后山头的荔枝刚熟。

万里桥的两岸有许多卖酒的人家，前来游赏的人们爱向谁家借宿？

梅花绝句

〔宋〕陆游

当年走马锦城西，曾为梅花醉似泥。

二十里中香不断，青羊宫到浣花溪。

当年骑马路过锦官城的西面，曾经为那梅花陶醉如泥。

二十里的行路里梅花香缕缕不断，花香从青羊宫一直飘散到浣花溪。

忆江南

〔宋〕仲殊

成都好，蚕市趁遨游。夜放笙歌喧紫陌，春邀灯火上红楼。车马溢瀛洲。

成都真是个好地方呀，每年买卖桑蚕的市场开放了，我得去走走逛逛。晚上人们奏着音乐唱着歌，把开满鲜花的小路烘托得非常热闹，在春天的夜晚里，红色的高楼灯火通明竞相邀请客人光临。过往的车和马挤满了整座城市。

[诗歌赏析　富庶]

成都坐落于四川盆地，在古代的时候地理位置相对封闭。可是成都并没有因为地形闭塞而贫瘠落后，相反，在漫长的历史长河中，成都一直是古代中国最繁华的城市之一。原因就在于成都平原土地肥沃，物产丰富，同时四面的大山又为这片土地提供了天然的地理屏障，使得成都长期远离战火。于是，财富和文明就在这样得天独厚的环境下慢慢积累起来。

在唐宋时期，成都是中国最重要的布匹丝织中心，城市非常繁荣，经济非常发达，所以它有着"蓉城"和"锦城"的美称。"蓉"就是红色的芙蓉花，成都正是因为城市里种满了芙蓉花而得名"蓉城"。"锦"是色彩多样的布，古代成都产生的布匹和丝绸图案美观、色彩艳丽、质地柔软，同时，由于成都繁花似锦，因而得名"锦城"。

所以我们在古代诗人笔下看到的成都，大多展现出市民生活的富足和商品经济的发达，在这样的环境中生活，人们的心情也变得轻松愉快。

让我们一同回顾诗人们的诗句，感受富庶繁华的古代成都吧！

"丞相祠堂何处寻？锦官城外柏森森。"（《蜀相》杜甫）

"晓看红湿处，花重锦官城。"（《春夜喜雨》杜甫）

"锦江近西烟水绿，新雨山头荔枝熟。"（《成都曲》张籍）

"二十里中香不断，青羊宫到浣花溪。"（《梅花绝句》陆游）

"夜放笙歌喧紫陌，春邀灯火上红楼。"（《忆江南》仲殊）

[万物百科]

古代的成都除了是一座富庶繁华的城市以外，还是一座历史文化名城。许多诗人在写成都的时候，常常会提及刘备与诸葛亮。这两位历史人物是三国时期蜀国的开创者和建设者。

成都城内的武侯祠，就是蜀地人民为纪念蜀汉丞相诸葛亮而设立的祠堂。当时诸葛亮积劳成疾，病卒于北伐魏国前线的五丈原，年仅54岁。因为在死后被蜀汉后主刘禅封为"忠武侯"，所以他的祠堂叫作"武侯祠"。"丞相祠堂何处寻，锦官城外柏森森。映阶碧草自春色，隔叶黄鹂空好音"正是武侯祠幽美环境的映照。刘备病故之后，其灵柩运回了成都，时人建成汉昭烈庙。

刘备和诸葛亮这两位英雄相继长眠在成都，为这座古城赋予了为理想拼搏的精神，鼓舞着千百年来的仁人志士。

十五、南京

南京是一个山水秀丽，风景优美的城市，它的温柔是对江南水乡最贴切的形容。在历史上，南京还是一个军事要塞，为兵家必争之地。为了更好地了解这个繁华又雄奇的城市，让我们一起来了解"铁索横江"的故事。

在三国时期，吴国的君主孙权把南京定为国都。南京有一座石头山，它迎江伫立，险要的长江防线在这座石头山的扼守下，变得更加难以攻破。于是，孙权就依傍着这座石头山，修建了一座石头城。孙权认为，这座城池依凭着天险，敌人难以攻破，是一个建都的好地方，于是给它取名为"建业"。但是，吴国后来的君主日益腐败无能，不再像开国的君主那样进取。他们在石头城前的长江上横起了数十条铁索，以为凭借这样的防守，能维持住国家旧日的繁盛。但新兴的晋国派出水军，用火烧断了铁索，于是石头城失守，吴国也跟着灭亡了。

吴国之后，历史上还有许多朝代都把国都定在南京，因此南京有着"六朝古都"的美称。南京在历史上遭遇过无数战争的蹂躏，却又在烽火的余烬中重生。无数的诗人也对此发出感叹，接下来就让我们来一起读一读关于南京的诗篇。

金陵三首 · 其一

〔唐〕李白

晋家南渡日，此地旧长安。

地即帝王宅，山为龙虎盘。

金陵空壮观，天堑净波澜。

醉客回桡去，吴歌且自欢。

当年晋朝王室南渡跨越长江，仿照昔日的长安建造了金陵城。

土地上建着帝王的住宅，山林里盘踞着龙与虎。

钟山空有壮观的景象，长江也空有雄阔的波澜。

醉酒的游客乘船归去，唱着吴地的歌曲自娱自乐。

西塞山怀古

〔唐〕刘禹锡

王濬楼船下益州，金陵王气黯然收。

千寻铁锁沉江底，一片降幡出石头。

人世几回伤往事，山形依旧枕寒流。

今逢四海为家日，故垒萧萧芦荻秋。

王濬的大船离开了益州，金陵城的帝王之气黯然失色。

千寻长的铁索沉落到江底，石头城中举起了东吴投降的旗帜。

人世间有多少令人伤感的往事，西塞山依旧紧靠着寒冷的江流。

今日天下一统，荒芜的旧时壁垒长满了秋天的芦荻。

泊船瓜洲

〔宋〕王安石

京口瓜洲一水间，钟山只隔数重山。

春风又绿江南岸，明月何时照我还？

京口距离瓜洲只有一条江水的距离，此处距离钟山有着几座山的距离。

春风又吹绿了江水南岸，明月什么时候照着我回家？

南乡子

〔宋〕王安石

自古帝王州，郁郁葱葱佳气浮。四百年来成一梦，堪愁。晋代衣冠成古丘。

绕水恣行游。上尽层城更上楼。往事悠悠君莫问，回头。槛外长江空自流。

南京树木葱茏，山环水绕，自古就是帝王建都的好地方。四百年来的繁华仿佛一场梦消失不见，令人忧伤感慨。当年生活在这里的晋代风流人物早已经作了古。

我沿着江河尽情地游玩观赏，登上岸边的楼台，还要再上一层。过往的历史就像眼前的流水那样一去不复返，不必过多地追问，回头多看看现实吧。栏杆外的江水仍旧奔流而去，永不停歇。

水龙吟·登建康赏心亭

〔宋〕辛弃疾

楚天千里清秋，水随天去秋无际。遥岑远目，献愁供恨，玉簪螺髻。落日楼头，断鸿声里，江南游子。把吴钩看了，栏杆拍遍，无人会，登临意。

休说鲈鱼堪脍，尽西风，季鹰归未？求田问舍，怕应羞见，刘郎才气。可惜流年，忧愁风雨，树犹如此。倩何人唤取，红巾翠袖，揾英雄泪？

南国的秋天凄清而辽阔，江水向天边流去而漫无边际。眼中见到远远的崇山与峻岭，它们向我传递着忧愁与遗恨，如同碧玉发簪和螺形发髻。站在落日映照的楼头，听着离群的大雁哀鸣的，是那身处长江南岸的游子。看着那用来建功立业的吴钩，拍遍栏杆，没有人能理解，我登楼远眺时的情感。

别提鲈鱼甘甜肥美，西风吹遍，不知道张季鹰是否回来？想到许汜只顾谋求田地与屋舍，应当羞愧，见到刘备的雄才伟略。可惜时光如流水，风雨都令人忧愁。树木都会老去，请谁去叫来，那红衣翠袖的歌女，来为我擦去英雄的热泪。

人民解放军占领南京

毛泽东

钟山风雨起苍黄，百万雄师过大江。

虎踞龙盘今胜昔，天翻地覆慨而慷。

宜将剩勇追穷寇，不可沽名学霸王。

天若有情天亦老，人间正道是沧桑。

钟山骤然刮起革命的暴风雨，百万雄兵突破天险横跨长江。

险峻的南京城比任何时候都要雄伟，天翻地覆的变化令人欢欣鼓舞。

当用十足的勇力追逐残敌，不可以学习那贪图虚名的西楚霸王。

自然万物运行有着不可改变的规律，经历了长期艰苦的奋斗，我们今天终于走在了正道之上！

[诗歌赏析　兴替]

中国的历史有五千年之久，在这五千年里，中国的政治中心在不断地变化。西安、洛阳是古代中国在北方的政治中心，而南京则是古代中国在南方的政治中心。

当战乱发生，北方的政治中心被敌人侵占，原来的统治者就会向南方迁移，而在南方如此多的城市里，南京城是最受历代统治者喜爱的，在南京建都的政权多达十个。除了石头山，南京还有许多山，其中最著名的就是钟山，钟山在古时候被叫作金陵山，因此"金陵"也是南京的别名。在石头山上眺望，我们可以看到以钟山为首的群山，它们像苍龙一样盘踞在城池的四周，古代的统治者们就以群山作为城墙，以城前波涛汹涌的长江作为护城河，凭借这样的天险守护自己的基业。

南京也常常是诗人们抒发故国幽思的地方。在太平盛世中，南京城凭借着独特的地理环境，兴盛繁华；而在战乱之中，南京城又因为其军事价值，罹遇无尽的祸难。在历史长河中，南京城的繁华一次次在战乱的烽烟中破碎，又一次次在瓦砾和废墟中重生。

在漫漫的历史长河之中，南京孕育出了无数俊彦的人物和宏伟的气象，凭借着丰厚的历史底蕴，成为中国最伟大的城市之一。

　　"地即帝王宅，山为龙虎盘。"（《金陵三首·其一》李白）

"千寻铁锁沉江底，一片降幡出石头。"（《西塞山怀古》刘禹锡）

"春风又绿江南岸，明月何时照我还？"（《泊船瓜洲》王安石）

"自古帝王州，郁郁葱葱佳气浮。"（《南乡子》王安石》）

"楚天千里清秋，水随天去秋无际。"（《水龙吟·登建康赏心亭》辛弃疾）

"钟山风雨起苍黄，百万雄师过大江。"（《人民解放军占领南京》毛泽东）

[万物百科]

南京早在战国时期就已经存在，在不同的历史时期，它有不同的名字。南京在历史上曾经被叫作"金陵""建业""建康""石头城"，等等。

除了上面提到的名字之外，南京还有一个有趣的别名——鬼脸城。蒋赞初《南京史话》中谈道："该处（指石头城）因历经江水冲刷，岩壁表面凹凸不平，有如兽面似的突出在江边，因此又被后世称为'鬼脸城'。"鬼脸城的西侧有一片水塘，从水塘的西侧可以看到鬼脸城的倒影，民间有"鬼脸照镜"传说，该水塘被人称为"镜子湖"。

今天的南京不仅是一座历史文化名城，还是一座重要而繁华的现代化城市，它是江苏省的省会，也是中国东南沿海地区的经济、文化、科教、军事重镇。

今天的南京，经济结构立体，发展潜力巨大，农业、工业、金融、互联网、服务业、旅游业等多个行业，都在国内具有举足轻重的地位，同时，它还是一座山水秀丽、气候温和的宜居城市。2020年，南京地区生产总值位居全国前十；根据2021年发布的《中国城市投资环境发展报告》，南京的城市投资活跃度排名位居中国第四，这足以证明它是一座充满着鲜活气息的现代化大都市。我们也期待着这座千年古都在现代化的进程中焕发出全新的活力。

十六、杭州

杭州是一本生动有趣的故事集。如果你有机会来到杭州旅行观光的话，会找到许许多多著名故事的发生地。

南朝著名女诗人苏小小，才华横溢，美貌绝伦，常坐油壁香车外出游玩。后来，人们在西湖边的西泠桥边专门为她建造了一座苏小小墓纪念这位绝世佳人。

《白蛇传》是中国古代凄美浪漫的神话爱情故事，西湖的断桥是故事中书生许仙和白娘子相逢的地方。在传说中，法海和尚运用法力把白娘子镇压在西湖边的雷峰塔下。

西湖边的六和塔，传说是《水浒传》里好汉鲁智深和武松归隐养老的地方，遥想英雄迟暮，令人不胜感慨。

在栖霞岭的山脚下，坐落着民族英雄岳飞的墓。千百年来，人们来到这里纪念这位代表着忠贞爱国精神的伟大人物，并唾弃跪在庙前的四个陷害忠良的奸佞之臣塑像。

……

杭州就是这样一座美丽、温柔、富有传奇性的城市。接下来，让我们一起到古人的诗歌作品中去细细感受它。

灵隐寺（节选）

〔唐〕宋之问

鹫岭郁岧峣，龙宫锁寂寥。

楼观沧海日，门对浙江潮。

桂子月中落，天香云外飘。

飞来峰上草木葱茏，高耸入云。寺庙宫殿肃穆庄重，沉默寂寥。

楼上可以见到升腾在云海上的太阳，门外可以听到钱塘江的滚滚浪潮。

中秋时有桂子在寺中飘落，香味在云外弥漫轻飘。

采桑子

〔宋〕欧阳修

轻舟短棹西湖好，绿水逶迤，芳草长堤，隐隐笙歌处处随。

无风水面琉璃滑，不觉船移，微动涟漪，惊起沙禽掠岸飞。

用小桨在西湖上划着轻快的小船是多么美好，碧绿的湖水绵延不绝，长堤上散发出芳草的清香，隐隐传来的笙歌伴随着小船飘荡。

没有风的水面如同玻璃一样光滑，不觉得小船在前进，只有微微泛动的涟漪，惊起了水鸟正掠过湖岸飞翔。

望海潮

〔宋〕柳永

东南形胜，三吴都会，钱塘自古繁华。烟柳画桥，风帘翠幕，参差十万人家。云树绕堤沙，怒涛卷霜雪，天堑无涯。市列珠玑，户盈罗绮，竞豪奢。

重湖叠巘清嘉。有三秋桂子，十里荷花。羌管弄晴，菱歌泛夜，嬉嬉钓叟莲娃。千骑拥高牙，乘醉听箫鼓，吟赏烟霞。异日图将好景，归去凤池夸。

杭州位处东南，地理位置优越，它是三吴地区重要的城市，钱塘自古以来都十分繁华。如烟的柳树与彩绘的桥梁，遮风的帘子与青翠的帷幕，楼房高高低低住着十万户人家。树木祥云围绕着沙堤，涌动的潮水卷起了像霜雪一样的浪花，广阔的大江一望无际。市场上的珍宝琳琅满目，家家都存满了绫罗绸缎，相争比谁家更奢华。

里湖与外湖、小山与大山清秀美丽，有九月的桂子和夏天的十里荷花。晴朗的白天吹起羌管，夜晚里则飘荡着采菱的歌声，渔翁和采莲的姑娘们都喜笑颜开。千名骑兵拥簇着高高的旗帜。乘着醉意听着箫鼓，欣赏吟咏美丽的烟霞。改日要把这美好的景致描绘出来，以便升官时拿到朝廷中去夸耀。

四景图·平湖秋月

〔宋〕孙锐

月浸寒泉凝不流，棹歌何处泛归舟。

白苹红蓼西风里，一色湖光万顷秋。

月浸润在寒凉的湖水中仿佛被冻结，湖面上不知哪里的归舟传来阵阵棹歌。

白苹和红蓼被笼罩在西风中，纯净的湖光映照着秋天广阔的景象。

题临安邸

〔宋〕林升

山外青山楼外楼，西湖歌舞几时休？

暖风熏得游人醉，直把杭州作汴州。

青山与楼阁连绵无尽，西湖上的歌舞何时才能停止？

暖洋洋的风吹得游人如痴如醉，简直把杭州当成了故都汴州。

[诗歌赏析　温柔]

杭州的城市气质，在中国古代文化之中代表着一种女性化的秀美。

西湖更是杭州秀美的代表。与洞庭湖相比，西湖的面积要小得多——数百个西湖才相当于一个洞庭湖。但是这种玲珑巧致反而让西湖产生了区别于壮阔的秀美。

西湖拥有很多精致小巧的景点，"雷峰夕照""断桥残雪""三潭印月""曲院风荷"……在洞庭湖，人们只能远远地从岳阳楼上看那巨大的烟水迷蒙，遐想着神秘的湘水之神在其中遨游，这种朴拙的天然造化是壮阔浑厚的。但人们在西湖淡淡的烟雨里能将所有景色一览无余，这种感觉就像一位娇羞的美人蒙上了薄薄的面纱，在灯光下轻歌曼舞。

温柔让我们产生置身天堂的美妙感受，有时也会令人沉醉其中，意志消磨。九百年前的南宋王朝就把首都定在了杭州，给它取名"临安"，意思是"临时安定的居所"。但南宋的君王们最终沉醉在笙歌与烟雨当中，渐渐忘记了他们在北方的故乡。就像南宋诗人林升在诗中写道："暖风熏得游人醉，直把杭州作汴州。"皇帝在杭州待得太舒服，早已经把丢失的首都忘记了，这是多么令人痛心的一件事啊！

"楼观沧海日，门对浙江潮。"(《灵隐寺》宋之问)

"轻舟短棹西湖好，绿水逶迤，芳草长堤，隐隐笙歌处处随。"(《采桑子》欧阳修)

"钱塘自古繁华。烟柳画桥，风帘翠幕，参差

十万人家。"(《望海潮》柳永）

"白苹红蓼西风里，一色湖光万顷秋。"(《四景图·平湖秋月》孙锐）

"暖风熏得游人醉，直把杭州作汴州。"(《题临安邸》林升）

[万物百科]

杭州是一座历史悠久的文化名城。杭州位于京杭大运河的最南端，通商运输极为便利。同时，它还拥有发达的丝绸产业，经济实力雄厚。此外，明清两代杭州的文化艺术非常繁荣，涌现出许多顶级的文人和书画家，它也是一座南方的文化中心。可以说，杭州是古代中国东南地区的集经济中心、文化中心为一体的城市。

进入现代，杭州以轻工业作为支柱性产业，将商品运送到了全国，乃至于全世界。近年来，伴随着互联网产业的兴起，杭州又获得了新的发展机遇。如今，杭州已经是全国互联网产业和信息化产业最发达的城市之一，也成了现代中国经济最发达的城市之一。

从古典走向现代，完美地兼容古典诗意与时代科技感，今天的杭州正在走向新的辉煌。

十七、江南

"江"在古代汉语中特指长江。"江南"就是长江以南的地区，比起黄河流经的华北平原，江南地区在中国历史上发展得相对较晚。为了能更好地理解江南，让我们一起来听听"曲水流觞"的故事。

　　"曲水流觞"是古人发明的一种游戏，"曲水"就是弯曲的小溪，"流觞"就是浮在水面上的酒杯。在一千多年前的某天，大名鼎鼎的"书圣"王羲之，邀请了四十多位好友到山水清丽的城外游玩。当天，他们只带了纸笔和酒，应该怎么玩乐呢？有人就想出办法：把酒杯放在流淌的小溪上，各人沿溪而坐，酒杯流到谁的面前谁就要赋诗一首，写不出来的人就要把酒喝下去。而其中有十六个人没有写出诗来，被罚了酒。聚会的发起人王羲之就在微醺之中即兴挥笔，将这次雅集活动记录了下来，写成了我们今天熟知的《兰亭集序》。

　　这个故事，就发生在本章要讲述的江南地区，江南美景是古代诗人们重要的精神食粮，而它在古代诗词中会是一个怎么样的面貌呢？让我们一起开启本章的学习。

子夜四时歌·夏歌·一

〔南朝〕萧衍

江南莲花开，红光覆碧水。

色同心复同，藕异心无异。

江南的莲花盛开了，莲花的红光覆盖住碧绿的池水。

我的心就像它那炽红的颜色一样。莲藕形态各异，可我的心却不像莲藕，我的心专一无二。

忆江南·其二

〔唐〕白居易

江南忆，最忆是杭州。山寺月中寻桂子，郡亭枕上看潮头。何日更重游？

回忆江南，最令人想念的就是杭州。在月色之下的山寺里寻觅桂花，登上郡亭，卧看那钱塘江大潮。何时才能再次前去游赏？

忆江南·其三

〔唐〕白居易

江南忆，其次忆吴宫。吴酒一杯春竹叶，吴娃双舞醉芙蓉。早晚复相逢！

回忆江南，其次能唤起追思的就是吴宫。喝一杯吴地的春竹叶酒，看吴地的美人双双起舞像迷人的芙蓉花。清晨和夜晚总要再次相逢。

江南春

〔唐〕杜牧

千里莺啼绿映红，水村山郭酒旗风。

南朝四百八十寺，多少楼台烟雨中。

千里江南莺啼声声，绿草与红花相映，水村与城镇处处风吹酒旗飘摇。

昔日南朝的皇帝崇信佛教，修建了几百座佛寺，今天这些亭台楼阁都矗立在烟雨中。

江南行

〔唐〕罗隐

江烟湿雨蛟绡软，漠漠小山眉黛浅。

水国多愁又有情，夜槽压酒银船满。

细丝摇柳凝晓空，吴王台榭春梦中。

鸳鸯鸂鶒唤不起，平铺绿水眠东风。

西陵路边月悄悄，油碧轻车苏小小。

江南的烟雨温柔而细腻，绵延的小山秀色可人。

水泽南国的气质像是一位多愁善感的女子，我们身在其中饮酒取乐，榨出的新酒倒满了银质的酒杯。

岸边柳树飘摇的细枝仿佛在时间中凝固，在春梦中看到当年吴王在此处修建的宫殿台阁。

酒醉之后，许多水鸟鸣叫也无法将我唤醒，我愿把这碧绿的江水铺在身下，在温暖的东风吹拂中安心睡去。

在睡梦中，我依稀见到南朝著名的歌伎苏小小坐在青绿色的小车上，在月色中缓缓而行。

菩萨蛮

〔唐〕韦庄

人人尽说江南好，游人只合江南老。春水碧于天，画船听雨眠。

垆边人似月，皓腕凝霜雪。未老莫还乡，还乡须断肠。

人人都说江南好，游人都只想待在江南老去。春天的江水碧于蓝天，躺在画船当中听着微雨声入眠。

酒垆沽酒的女子像天上的明月一样，白净的手腕就像凝聚了霜雪。未老的时候不要回乡，还乡后会让人愁肠寸断。

[诗歌赏析　生机]

　　相对于长安、洛阳所在的中原地区，江南有着不一样的地理风貌，总的来说，江南独特风景的形成，主要得益于温暖湿润的环境以及多植被、多山的地貌。

　　提到江南，你的脑海里会浮现出一幅怎么样的画面呢？

　　茫茫烟雨中的小山，温柔的水乡，离岸的乌篷船，弯弯的拱桥，说着吴侬软语的姑娘，轻盈的纸伞……一切的一切都是那样的温柔和浪漫。在这细腻怡人的环境下，诗人们的气质变得细腻幽雅。接下来，就让我们回到诗句中，再次体会江南的山水是如何在诗词中表现的：

　　"江南莲花开，红光覆碧水。"（《子夜四时歌·夏歌·一》萧衍）

　　"山寺月中寻桂子，郡亭枕上看潮头。"（《忆江南·其二》白居易）

　　"吴酒一杯春竹叶，吴娃双舞醉芙蓉。"（《忆江南·其三》白居易）

　　"南朝四百八十寺，多少楼台烟雨中。"（《江南春》杜牧）

　　"江烟湿雨蛟绡软，漠漠小山眉黛浅。"（《江南行》罗隐）

"人人尽说江南好，游人只合江南老。"（《菩萨蛮》韦庄）

[万物百科]

今天的人们提到江南时，心中的印象大致和唐宋时期的诗人所描写的比较接近，那是一种温柔浪漫的感觉。但我们国家的历史有数千年之久，亲爱的读者朋友，你想象过唐宋以及更久之前的江南是什么样的吗？

在唐宋以前，中国的政治经济中心长期位于长江以北的中原地区，而江南地区还没有发展起来，是名副其实的"边远地区"。身处边远地区的江南没有繁华的城市，也没有熙熙攘攘的人群，放眼望去，也许只能看到许多生长在潮热空气中的南国植被。

汉乐府《江南》中说道："江南可采莲，莲叶何田田。鱼戏莲叶间，鱼戏莲叶东，鱼戏莲叶西，鱼戏莲叶南，鱼戏莲叶北。"这首诗就是秦汉时期的江南景象的真实写照，表现出一种隐匿在荒野中的生命力。这种生机勃勃的力量，预示着江南地区必将走向繁荣。

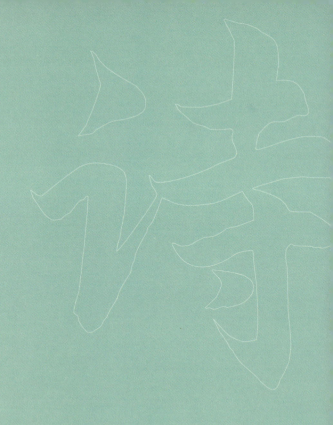

十八、边塞

我们把国家最边缘的地区叫作"边塞","边"就是"边缘""边境"的意思,"塞"可以理解为"关卡"。在现实中,边塞的设立是为了防止外人的入侵。而在古代诗歌中,它还有着层次更为丰富的意义。在正式开始本章的学习之前,让我们先来听听"投笔从戎"的故事。

"投笔"就是丢掉笔,"从戎"指投身军旅。故事的主人公班超是东汉时期著名的军事家。班超年轻的时候家中非常穷困,他常常为官府抄书来维持家中的生计。这样的生活十分辛苦,班超曾将笔丢下感慨道:"大丈夫就算胸中没别的志向,也应该要像傅介子、张骞那样在异国他乡扬名立功,以取得封侯拜相的荣誉,哪能总是在笔砚之间讨生活呢!"旁边听了的人都嘲笑他,班超却说:"小子哪能明白壮士的志向呢!"后来,班超从军到边塞出击匈奴,又出使西域,为东汉时期西域的回归做出了巨大的贡献,被朝廷封为"定远侯"。

边塞总是会和军旅生活联系在一起,异域的风景交织着人们各式各样的所思所想,就成了一首首壮美绝艳的边塞诗。接下来,就让我们跟着具体的诗句一同来感受吧!

从军行七首·其一

〔唐〕王昌龄

烽火城西百尺楼，黄昏独坐海风秋。

更吹羌笛关山月，无那金闺万里愁。

烽火台的西边高高耸立着百尺瞭望楼，黄昏时独坐楼上吹着从青海湖吹来的秋风。

此时听闻有人用羌笛吹着《关山月》的曲子，无奈地泛起了对万里外妻子的相思之情。

从军行七首·其四

〔唐〕王昌龄

青海长云暗雪山，孤城遥望玉门关。

黄沙百战穿金甲，不破楼兰终不还！

青海湖上长云密布，黯淡了雪山的颜色。戍边的将士在孤城上遥遥地望着玉门关。

黄沙万里，身经百战的盔甲被磨穿。若不打败侵犯边境的敌人，誓不回还。

出塞二首·其一

〔唐〕王昌龄

秦时明月汉时关，万里长征人未还。

但使龙城飞将在，不教胡马度阴山。

秦汉时代的明月和边关至今依然高悬矗立，出征万里的人仍未回还。

如果龙城的飞将李广还在该有多好啊，他绝不会让胡人的战马南下阴山。

夜上受降城闻笛

〔唐〕李益

回乐峰前沙似雪，受降城外月如霜。

不知何处吹芦管，一夜征人尽望乡。

回乐峰前的白沙似雪，受降城外的月色如霜。

不知道什么地方吹起了芦笛，一夜里在外征战的将士人人眺望故乡。

雁门太守行

〔唐〕李贺

黑云压城城欲摧，甲光向日金鳞开。

角声满天秋色里，塞上燕脂凝夜紫。

半卷红旗临易水，霜重鼓寒声不起。

报君黄金台上意，提携玉龙为君死。

黑云压迫城头，城墙好像将要坍塌。盔甲映着日光，就像金色鳞片闪亮。

号角声响彻秋日的天空。边塞的泥土在夜色中泛着紫气。

风吹得红旗半卷，援军赶赴易水。寒霜凝重，让鼓声低沉。

为了报答国君任用贤才的圣明，我誓手持宝剑为国战死沙场。

[诗歌赏析　雄健]

本章选取了三首王昌龄的作品。王昌龄是中国文学史上边塞诗最杰出的代表，被誉为"七绝圣手"。

在王昌龄的妙笔之下，戍边将士的内心英勇而温柔。英勇的时候，"黄沙百战穿金甲，不破楼兰终不还""但使龙城飞将在，不教胡马度阴山"；温柔的时候，"更吹羌笛关山月，无那金闺万里愁"。铁汉柔情，最是动人。

而在诗人李益的笔下，战争是没有胜负可言的。打赢了战争，敌人已经投降，按理说应该是狂欢庆祝的时候。可是此时的将士们只感到长长地舒了一口气，终于结束了，可以回家了："不知何处吹芦管，一夜征人尽望乡。"回家，是每一个戍边将士心中最柔软的梦想。

军人不畏死，马革裹尸还。李贺的《雁门太守行》为我们展现了古代军人心中的信念："报君黄金台上意，提携玉龙为君死。"

让我们一起来回顾一下这些激动人心的诗句：

"烽火城西百尺楼，黄昏独坐海风秋。"（《从军行七首·其一》王昌龄）

"黄沙百战穿金甲，不破楼兰终不还。"（《从军行七首·其四》王昌龄）

"但使龙城飞将在，不教胡马度阴山。"（《出塞二首·其一》王昌龄）

"不知何处吹芦管，一夜征人尽望乡。"（《夜上受降城闻笛》李益）

"报君黄金台上意，提携玉龙为君死。"（《雁门太守行》李贺）

[万物百科]

在中国古代的边塞之中，最有名的叫作"河西四郡"。

"河西四郡"分别是武威郡、酒泉郡、张掖郡、敦煌郡，它们位于今天的甘肃省、内蒙古自治区一带。在一举平定匈奴边患之后，汉武帝先于公元前121年设立了武威郡、酒泉郡，又在公元前111年设立了张掖郡、敦煌郡，最初，河西四郡是为了防御匈奴而建立。发展到后来，河西四郡成了连接农业产区和游牧产区的纽带，更成为国家北方边境的出入口，促进了友好交往。

历经千年，河西四郡又在时光的变迁中承担起不同的使命。武威郡是丝绸之路的西部要冲，这里是中外商业、文化交流的重要枢纽，唐代诗人王之涣为此写下了千古传唱的《凉州词》（黄河远上白云间）。所谓"凉州"指的就是武威郡。张掖郡和武威郡一样，是丝绸之路的咽喉要道，这里风光优美，有着许多独特的地理景色。酒泉郡是四郡中最耳熟能详的一个，它因为"城下有金泉，其水若酒"得名。今天，酒泉还有探索太空的卫星发射基地。

敦煌郡的文化底蕴极为丰厚，莫高窟、月牙泉、玉门关都位于敦煌，这里贮藏着无数的文化遗产，其中，敦煌莫高窟的壁画和所遗留的古代文献更是名动天下。

十九、草原

游牧民族是草原的雄鹰，他们个性十足，拥有着强大的生命力量。

古代的汉民族与游牧民族关系十分复杂。在汉朝建立的时候，北方的匈奴崛起，他们常常侵扰汉帝国的边境。最开始，汉朝的统治者采取"和亲"的政策，与匈奴保持和平的交往；到后来国力逐渐强大，统治者派遣军队攻打匈奴，将他们驱逐到大漠以北。

时间过了几百年，北方的游牧民族再度发展强大，他们相继建立了各自的政权，雄踞北方。中国历史中的"北朝"，其实指的就是游牧民族建立的朝代。"北魏"是北朝中的一个王朝，它有一个名为拓跋宏的皇帝。拓跋宏十分钦慕汉族的文化，他在位期间发起了一场自上而下的汉化改革，史称"北魏孝文帝改革"。北朝存在的时期，在中国的历史分期上被称作"魏晋南北朝"时期，在这段时间里汉民族与北方的游牧民族在方方面面都进行了大融合。

到了13世纪，蒙古高原上的蒙古族迅速崛起，最强盛的时候，蒙古人建立的政权遍布整个欧亚大陆，他们建立了历史上的"元朝"。这是一个短暂的王朝，却在中国的历史上留下了浓墨重彩的一笔。

古时候，汉族与游牧民族常常会发生冲突与摩擦，而在斗争中，双方却不断融合，最终变为我们今天的中华民族。

游牧民族生活在草原上，草原是中国古典诗词中独特的景致。很少有诗人是在草原中成长起来的，但诗人们看见草原时，内心总会生出无限的感动。接下来，就让我们读一读与草原有关的诗篇吧。

敕勒歌

〔北朝〕民歌

敕勒川，阴山下。天似穹庐，笼盖四野。

天苍苍，野茫茫。风吹草低见牛羊。

在敕勒川，那阴山的脚下。天就像帐篷一样，笼盖住草原的四面八方。

苍苍的天空，茫茫的大地。风儿把草吹弯了腰，一群群牛羊时隐时现。

出塞作

〔唐〕王维

居延城外猎天骄，白草连天野火烧。

暮云空碛时驱马，秋日平原好射雕。

护羌校尉朝乘障，破虏将军夜渡辽。

玉靶角弓珠勒马，汉家将赐霍嫖姚。

居延城外的胡人首领带着族人在打猎。漫无边际的白草像是和天空连在一起，围猎的野火在不断燃烧。

日暮的云彩下，空旷的沙漠上飞驰着骏马。秋天的原野正适合射猎大雕。

护羌校尉早晨登上城防，破虏将军趁夜出击辽河。

那玉剑、角弓以及骏马，朝廷要将它们赐给和霍去病一样勇猛的将军。

赋得古原草送别

〔唐〕白居易

离离原上草，一岁一枯荣。

野火烧不尽，春风吹又生。

远芳侵古道，晴翠接荒城。

又送王孙去，萋萋满别情。

古原上长满了茂盛的青草。它们每年都会枯萎、茂盛一次。大火无法将它们烧尽。春风一吹，青草又将变得再次繁茂。远处的青草淹没了古道，明丽青翠的草原还连接着荒城。我在此又送友人离去，萋萋芳草满满地承载着离别之情。

塞上行

〔唐〕鲍溶

西风应时筋角坚，承露牧马水草冷。

可怜黄河九曲尽，毡馆牢落胡无影。

在西风吹起的季节里，猎弓被冻得坚硬。早晨冰凉的露水沾着牧草。

奔流的黄河弯弯曲曲，原野上只有零零星星的几顶帐篷，却不见胡人的影子。

[诗歌赏析　旺盛]

草不同于其他植物，只要有土壤以及适量的水分，它就能迅速地生长起来，甚至不需要人来打理。在很多时候，草都是一种生命力的象征，它和在原野之上自由奔驰的游牧民族相互映衬，成为苍茫塞北的主体景色。

草原地势相对平坦，一眼望去，没有楼房的遮挡，苍茫的大地如同天空一样广阔。牛羊咀嚼青草，畜群拥在一起，如同一层海浪铺排在错落有致的原野之上。牧人坐在马上拉着胡琴，悠扬的琴声与牧人的裙裾一同摆荡，温柔地摩挲着路过的风儿。居住在草原上的人们，常常会四处迁徙，以免畜群把一处的草全部吃完。到了来年的春天，枯荣轮回，新草生长出来，牧人们又将骑着马归来，他们豪迈地饮着酒，在草原纵情地策马放歌。

所以中国古代诗歌之中，关于草原的诗歌，往往具有一种粗犷、豪迈，同时生命力勃发的气质，与温润典雅的中原文化风格形成了强烈的反差。

"天苍苍，野茫茫。风吹草低见牛羊。"（《敕勒歌》民歌）

"远芳侵古道，晴翠接荒城。"（《赋得古原草送别》白居易）

"暮云空碛时驱马，秋日平原好射雕。"（《出塞作》王维）

"西风应时筋角坚，承露牧马水草冷。"（《塞上行》鲍溶）

[万物百科]

为什么草原上树木稀少？要搞清楚这个问题，我们要从草原的地理环境入手。能够形成草原的地方，一般来说土壤层比较薄，降水量也比较少。土壤层薄，这会令高大的树木无法在地下扎根；降水量少，则会导致树木缺少水分，使它们难以生长。这两个条件，就决定了很少有树木能生长在草原上。

然而，青草的生长却没有如此多的限制。在薄薄的土壤中，小草也能扎根；而且小草生长对水分的要求也并不是特别高，只需要有少量水的滋润。小草在环境恶劣的地方也能自在地生长起来，所以，诗人们写草原的时候常常会歌颂它旺盛的生命力。

中国是世界上草原资源最丰富的国家之一。中国的草原主要集中在降雨量较少的北方地区，比如黑龙江、吉林、辽宁、内蒙古、山西、陕西、甘肃、青海、宁夏、新疆等地区，这些地区也是古代游牧民族的主要生活区域。"逐水草而居"是古代游牧民族主要的生活方式，意思是赶着牲畜到有水源和草的地方去生活，一个地方的水草吃完了，就迁徙到另一处有水草的地方。也正因为如此，中国古代描写草原的诗歌大多都和游牧民族有关。

经过千百年来人类的放牧、耕种，以及气候变化的影响，草原在近现代历史上经常呈现出荒漠化的趋势。到20世纪末，中国是全世界荒漠化最严重的国家之一。不过，勤劳智慧的现代中国人很快就意识到草原荒漠化问题的严重性。近几十年来，中国政府积极致力于草原的恢复和维护，通过退耕还草、南水北调、建立人工植被、建立休牧期制度等多种举措，有效地防止了草原进一步荒漠化。

草原荒漠化的治理，对于全国乃至全世界的生态环境保护而言具有重要的意义。现代中国在大力发展经济的同时，兼顾了生态建设，朝着人与自然和谐共生的方向积极努力。

二十、楼台

在古代中国，建造楼台是一件浩大的工程。人们出于军事、玩乐、宗教等需要建造了无数的名楼。这些楼台成为中国文明史上一道又一道亮丽的风景。这些名楼之中，又以黄鹤楼、滕王阁、岳阳楼三大名楼最为著名。让我们先来听听天才诗人王勃和滕王阁的故事。

王勃是唐代初年极负盛名的少年天才。他的父亲在南方做官，王勃便打算前往探望。路途中，王勃路过南昌，刚好碰上当地的都督因为滕王阁重修完成而在阁上大宴宾客。当地的都督名叫阎伯屿，他想趁此机会向众人夸耀自己女婿的才学，适逢王勃路经此地，阎都督对他早有闻名，因此也邀请他来参加宴会。宴会上，阎都督邀请各宾客为滕王阁作序，并让自己女婿准备好提前写成的序文。众人纷纷推辞不写，却没想到王勃接过纸笔立马写成。阎都督对此十分不高兴，让人去看王勃写得怎么样，于是王勃的序文被当众念出。当阎都督听到了"落霞与孤鹜齐飞，秋水共长天一色"这两句时，不得不叹服道："这真是天才啊！"随即急忙邀请王勃享用宴食，直到兴尽而罢。

楼阁在文学作品中多表现出一种磅礴壮阔的气象，让我们在历代诗人的名句中体味这种高远的意境。

滕王阁诗

〔唐〕王勃

滕王高阁临江渚，佩玉鸣鸾罢歌舞。

画栋朝飞南浦云，珠帘暮卷西山雨。

闲云潭影日悠悠，物换星移几度秋。

阁中帝子今何在？槛外长江空自流。

高高的滕王阁依临江水沙洲，佩玉摇铃鸣响的歌舞早已沉寂。

早晨南浦飞来的浮云掠过画彩的楼阁，黄昏西山的暮雨卷入珠帘。

悠闲的云朵映在水上无拘无束地游荡，时过境迁斗转星移又过了多少年。

昔日滕王阁的主人今天在何处？只看见栏杆外的长江向远方滚滚奔流。

黄鹤楼

〔唐〕崔颢

昔人已乘黄鹤去，此地空余黄鹤楼。

黄鹤一去不复返，白云千载空悠悠。

晴川历历汉阳树，芳草萋萋鹦鹉洲。

日暮乡关何处是？烟波江上使人愁。

曾经的仙人已经乘着黄鹤离去，只留下当年仙人飞升的旧址黄鹤楼。

黄鹤飞去不再复返，白云悠悠地游荡了千年。

晴天下的江旁竖立着一排排汉阳树，鹦鹉洲上长着茂盛的芳草。

天色渐晚何处是我的家乡？望着烟波迷蒙的江面真是令人忧愁。

登金陵凤凰台

〔唐〕李白

凤凰台上凤凰游，凤去台空江自流。

吴宫花草埋幽径，晋代衣冠成古丘。

三山半落青天外，二水中分白鹭洲。

总为浮云能蔽日，长安不见使人愁。

凤凰台上曾有凤凰游憩，凤凰飞走只留下寂寞的凤凰台陪伴着江水东流。

当年吴王宫的花草都已埋没在荒凉的小径中，晋代时的王公贵族都已化为荒冢古丘。

三山云雾缭绕若隐若现地坐落在青天之外，白鹭洲横坐江中把秦淮河分成两条水流。

天空中浮云遮住了太阳，在这望不见长安令人内心忧愁。

登岳阳楼

〔唐〕杜甫

昔闻洞庭水，今上岳阳楼。

吴楚东南坼，乾坤日夜浮。

亲朋无一字，老病有孤舟。

戎马关山北，凭轩涕泗流。

以前就听说了洞庭湖的盛名，今天终于登上了岳阳楼去见识洞庭湖的壮阔。

湖水将吴楚两地劈开，日月星辰都漂浮在湖水之上。

这么多年来我的亲朋好友音信全无，而我年老多病，像孤独的小船一样漂泊。

听说北方的边关又兴起战事，不知何时才能太平，我倚着栏杆，止不住悲伤泪流。

登楼

〔唐〕杜甫

花近高楼伤客心，万方多难此登临。

锦江春色来天地，玉垒浮云变古今。

北极朝廷终不改，西山寇盗莫相侵。

可怜后主还祠庙，日暮聊为《梁甫吟》。

繁花附着高楼的景象触动了我漂泊在外的忧伤，我在天下遭遇劫难的时候登上楼台。

看见锦江上的春色已荡然于天地，玉垒山上的浮云看惯了变幻不定的古今。

朝廷就像北极星一样永不陨落，西山的盗贼不要想着前来侵扰。

可叹蜀国后主刘禅那么无能还有人给他建立祠庙，我只好在傍晚时分唱起《梁甫吟》，怀念英明干练的诸葛亮。

登快阁

〔宋〕黄庭坚

痴儿了却公家事，快阁东西倚晚晴。

落木千山天远大，澄江一道月分明。

朱弦已为佳人绝，青眼聊因美酒横。

万里归船弄长笛，此心吾与白鸥盟。

我办完了公家官事，登上快阁依傍晚晴。

千山上万木萧条更显得天空远大，澄净的江面上有一道明亮的月色。

我的琴弦已经为佳人断绝，只有见到美酒才会眼露喜色。

多么想吹着长笛乘船归隐，我的心像天上的白鸥一样热爱自由。

　　在吟赏诗歌的过程中你可能已经发现：在一首以楼台为主题的诗歌中，江河是必不可少的点缀。在这里，建议亲爱的读者再回头看看我们曾在"江河"一章中讨论的，关于"永恒"的话题，以便更好理解本章的内容。

　　怎么理解楼阁的磅礴气象呢？我们首先可以从视觉感受上理解这种远大。为了满足一些实用的功能，古代的楼阁一般都建造在视野很开阔的高处。所以在形体和气势上，楼阁的气质就很不同于玲珑巧致的园林。在现代的日常生活中，我们想要看看远方，却常常被随处可见的高楼大厦遮挡住视线。因此，我们可以想象一下在视野开阔的古代，登临高楼，壮丽河山尽收眼底的感受。

　　楼阁的描写在诗歌中还传达出一种对历史的思考。有些时候，诗人写下诗篇时，距离楼阁建成的时间已经有百年甚至数百年之久。在这么长的一段时间里，存在过很多人，发生过很多事，而在诗人登临楼台的时候，和楼台相关的那些人和事都已经消逝不见，只依稀地留存在人们的记忆当中。

　　站在楼台之上，面对着广阔的空间和恒远的时间，诗人不由得发出岁月悠悠的感叹。

　　　"阁中帝子今何在？槛外长江空自流。"（《滕王阁

诗》王勃）

"黄鹤一去不复返，白云千载空悠悠。"（《黄鹤楼》崔颢）

"总为浮云能蔽日，长安不见使人愁。"（《登金陵凤凰台》李白）

"昔闻洞庭水，今上岳阳楼。"（《登岳阳楼》杜甫）

"锦江春色来天地，玉垒浮云变古今。"（《登楼》杜甫）

"落木千山天远大，澄江一道月分明。"（《登快阁》黄庭坚）

[万物百科]

古人建造楼屋时是没有水泥可以使用的，所以我们在诗歌中见到的楼台都是木质结构的建筑。榫卯在木质结构建筑中充当了极为重要的角色。

榫卯，是古代中国建筑、家具及其他器械的主要结构方式，是在两个构件上采用凹凸部位相结合的一种连接方式。凸出部分叫榫（或叫榫头），凹进部分叫卯（或叫榫眼、榫槽）。榫卯工艺的产生可上溯到距今约7000年的河姆渡时代，历史比汉字还要悠久。这是古代中国人的伟大发明，让今天的人们惊叹不已。

如果你曾经参观过年代久远的古建筑，你会发现往往整个屋子的架构依旧保持完好。除了有完好的承重柱之外，最重要的原因就是那些"墙倒屋不塌"的房子各个部件组合的时候合理运用了榫卯结构。只要榫卯结构不被破坏，屋子的骨架就能一直晃而不散，千年不倒。

二十一、田园

在农耕时代的古代中国，乡村田园是随处可见的，它是中国古代诗词意象中极为重要的一种。本章我们就要开启对"田园诗"的学习，在这之前，让我们先来听听王维和辋川庄的故事。

在很长的一段时间里，王维都过着半官半隐的生活。744年，四十三岁的王维在今天的陕西蓝田经营着一座别墅，名为辋川庄。辋川庄远离尘世，四周都是逶迤的青山，飞瀑奇花点缀着秀美的山谷。王维就在辋川庄过着散虑逍遥的生活，写诗作画，终日与田园山水为伴。辋川庄的山壑林泉进一步陶冶了王维喜好自然的心性，在辋川庄隐居期间，他写下了无数动人的田园诗。在王维的渲染下，辋川庄成为后世文人心往神驰的地方，变成隐居处所的代名词。

王维的生活方式，后来成为许多人学习效仿的对象。乡村田园是无数士人的精神家园，田园诗中的感慨和赞美正是对这种生活理想发出的。接下来就让我们通过具体的诗歌学习，感受诗人们精神世界中的田园吧！

击壤歌

〔先秦〕佚名

日出而作，日入而息。

凿井而饮，耕田而食。

帝力于我何有哉？

太阳升起就开始劳作，太阳落下就停下休息。

凿开井来就有水喝，耕好田来就有粮食吃。

我自食其力，帝王对我有什么恩惠呢？

饮酒·其五

〔东晋〕陶渊明

结庐在人境，而无车马喧。

问君何能尔？心远地自偏。

采菊东篱下，悠然见南山。

山气日夕佳，飞鸟相与还。

此中有真意，欲辨已忘言。

将房屋建在人来人往的地方，但却感受不到车马来往的吵闹。

别人问我怎么才能这么淡定？我的心远离尘世，自然就觉得住所僻静。

在东篱下采菊，南山悠然地出现在我的眼前。

傍晚时候的南山景致优美，天上的飞鸟结伴而还。

这之中仿佛蕴藏着人生真谛，想要想个明白却不知该如何用言语表达。

过故人庄

〔唐〕孟浩然

故人具鸡黍，邀我至田家。

绿树村边合，青山郭外斜。

开轩面场圃，把酒话桑麻。

待到重阳日，还来就菊花。

老朋友准备了丰盛的饭菜，邀请我到田舍做客。

村舍的四周有绿树环抱，城外有一脉青山横斜。

推开窗子就面对着谷场菜园，相与饮酒谈论着桑麻的收成。

等到重阳节到来的时候，我还要来这里观赏菊花。

积雨辋川庄作

〔唐〕王维

积雨空林烟火迟，蒸藜炊黍饷东菑。

漠漠水田飞白鹭，阴阴夏木啭黄鹂。

山中习静观朝槿，松下清斋折露葵。

野老与人争席罢，海鸥何事更相疑。

疏林下了许久的雨让薪火迟迟不能点燃，蒸菜煮饭送去给东田干农活的人们。

广阔无际的水田上飞着白鹭，阴郁清幽的树林中有黄鹂鸣唱。

幽静地居住在山中观赏清晨的槿花，在松下采摘露葵吃素食。

我已经是一个与世无争的山野老人，海鸥为什么对我有所怀疑而不肯靠近我呢？

乡村四月

〔宋〕翁卷

绿遍山原白满川，子规声里雨如烟。

乡村四月闲人少，才了蚕桑又插田。

草木苍翠遍布山原，白云照映在水光中，蒙蒙烟雨中有杜鹃鸟在啼鸣。

乡村的四月没有人闲着，刚刚结束桑蚕之事又要开始插秧。

[诗歌赏析　恬淡]

为什么诗人们会把乡村田园当成他们的精神家园呢？这要从古人的生活方式说起。

古代的中华文明是一种农耕文明，也就是说古代社会中的大多数人都是以耕田为生。但是也有一些人不愿意一辈子务农，就选择通过读书进仕来另谋出路，读书考试成功的人就进仕为官，可以不用再通过耕田种地来维持生计。

然而对很多人来说，现实生活常常不像想象中的如意。就像诗人们也会在官场上遇到各式各样的烦恼，当烦恼多了以后，他们渐渐就对"读书进仕"的生活方式产生了厌倦，开始怀念往昔的耕田种地时光。在田园中，有好客且勤劳质朴的农民，有恬静优美的乡村景致——这些在诗人们的心里激荡起了无限的向往，仿佛只要回到田园中就能从现实的烦恼中逃遁出来。

在乡村田园里，诗人们可以自给自足地生活。所谓"自给自足"就是不依赖他人，靠自己的劳动维持生活。这种快乐不依靠外在的刺激，而是一种精神上的独立。只不过由于它难以通过语言表达，所以诗人们就借着描绘田园风光与生活来向我们传达这种喜悦：

"日出而作，日入而息。"（《击壤歌》佚名）

"采菊东篱下，悠然见南山。"（《饮酒·其五》陶渊明）

"绿树村边合，青山郭外斜。"（《过故人庄》孟浩然）

"漠漠水田飞白鹭，阴阴夏木啭黄鹂。"（《积雨辋川庄作》王维）

"绿遍山原白满川，子规声里雨如烟。"（《乡村四月》翁卷）

田园诗里，农事是诗歌内容中极为重要的部分，而我们非常熟悉的二十四节气正是被订立划分出来指导农业生产的。

二十四节气是怎么被划分出来的？我们可以把天空想象成为一个大表盘，而北斗七星就是表盘上的时针，每个节气在天空对应的位置就像表盘上的时间点。表盘最中间的星星就是北极星，它的位置不会改变，北斗七星围绕着北极星转圈，北斗星的"大勺柄"指到哪里，哪里就是当年对应的节气。

因为北斗七星和北极星每年都会如此转圈，所以就有了"斗转星移"这个成语，形容时间飞逝，事物变化大。北斗七星每在天空上转完一圈，就是一年。这就意味着，我们完整地走完了一个二十四节气。

二十四节气歌

春雨惊春清谷天，夏满芒夏暑相连。

秋处露秋寒霜降，冬雪雪冬小大寒。

每月两节不变更，最多相差一两天。

上半年来六廿一，下半年是八廿三。

二十二、桃花

桃花一般在每年的三四月份开花，它的绽放总是伴随着春天的到来。桃花带给人一种饱满富足的感觉，但和洋溢着贵气的牡丹花不同，桃花的饱满富足是一种更有趣味和情意的生命力量。在进行诗歌学习之前，让我们先来听听"世外桃源"的故事。

从前，有一位渔夫乘着小船缘溪而行，但他却忘了路程的远近，因此迷了路。行着行着，渔夫遇见了一片桃花林，并走了进去，走到林尽之处，他发现了另一头透着光的洞口。当渔夫穿越石洞，眼前豁然开朗：房舍在宽广的土地上整齐地排列着，还有肥沃的田地、美丽的池沼；田间小路交错相通，鸡和狗叫着；人们在田野里来来往往耕种劳作，男女的穿戴奇异；老人和小孩们个个都安适愉快，自得其乐。渔夫随后就被人们邀请到家里做客，在这桃源中逗留了好几天。离去的时候，渔夫在路上处处做标记，想着有一天再次回到这里。但是当渔夫带着朋友再次前往时，却再也找不到那条通往桃源的路了。

为什么桃花能有抚慰人心的神奇力量？让我们一起在诗歌当中寻找答案吧!

诗经·桃夭

〔先秦〕佚名

桃之夭夭，灼灼其华。

之子于归，宜其室家。

桃之夭夭，有蕡其实。

之子于归，宜其家室。

桃之夭夭，其叶蓁蓁。

之子于归，宜其家人。

桃花朵朵绽放，颜色鲜艳如火。

姑娘将要出嫁，令那家庭和睦。

桃花朵朵绽放，果实累累硕大。

姑娘将要出嫁，令那家庭顺遂。

桃花朵朵绽放，绿叶浓密繁盛。

姑娘将要出嫁，令那家人幸福。

大林寺桃花

〔唐〕白居易

人间四月芳菲尽，山寺桃花始盛开。

长恨春归无觅处，不知转入此中来。

人间的四月百花都已凋零，山中古寺的桃花才刚刚盛开。

长长地叹息春天逝去无处寻觅，却不知道它转入到这片桃林中来了。

桃花

〔唐〕元稹

桃花浅深处，似匀深浅妆。

春风助肠断，吹落白衣裳。

桃花疏密的地方，就像美人抹的浅妆和浓妆。

春风将桃花吹落到白衣上，加剧了我的悲伤。

题都城南庄

〔唐〕崔护

去年今日此门中，人面桃花相映红。

人面不知何处去，桃花依旧笑春风。

去年今天的这扇门里，姑娘的脸庞和鲜红的桃花两两相映。

今年的今天却不知姑娘去向何处，只有桃花依旧绽放在春风中。

桃花庵歌（节选）

〔明〕唐寅

桃花坞里桃花庵，桃花庵里桃花仙；

桃花仙人种桃树，又摘桃花换酒钱。

酒醒只在花前坐，酒醉还来花下眠；

半醉半醒日复日，花落花开年复年。

桃花坞里有一座桃花庵，桃花庵里有一位桃花仙。

桃花仙人种了桃树，又折下桃花枝去典当换来买酒钱。

酒醒时候只在桃花树前坐，酒醉之后还要在桃花树下睡倒。

在桃花树前后度了一日又一日，酒醉酒醒过了一年又一年。

[诗歌赏析　饱满]

桃花在中国传统文化中一直是饱满和富足的象征。

桃花的花朵颜色鲜艳，花肉肥厚。桃树的果实形态圆润饱满。所以，中国的上古先民把桃花和生育繁衍联系在一起，把桃花比作青春娇艳的女子，把桃子比作新生的婴儿。他们在新婚男女的婚宴上欢快地唱起"桃之夭夭，灼灼其华"的婚庆歌谣，祝福新婚的妻子早生贵子。

在唐代，诗人崔护曾经路过长安城南的一户人家，这户人家的门前种着一棵美丽的桃花树。桃花树下有一位像桃花一样美丽的少女对他微微一笑，让他心生爱慕。等到第二年，崔护再去旧地重访这位少女时，却发现这户人家已经搬走，那位美丽的少女也不在这里居住了。面对再次绽放的桃花，崔护惆怅落寞地写下了"人面不知何处去，桃花依旧笑春风"。也许在第一次见面的时候如果能够鼓起勇气表白心意，是不是就不会给自己留下终生的遗憾了呢？

　　明代文学家、书画家唐寅也非常喜欢桃花。他给自己建了一所房子，在房子的周围种满桃花，并给房子起名叫作"桃花庵"。在桃花庵里，唐寅每天面对着美丽的桃花，写诗、作画、饮酒，把一切世间烦恼抛在脑后，并写下了著名的《桃花庵歌》："桃花坞里桃花庵，桃花庵里桃花仙。"在这首诗里，唐寅自称桃花仙。看来，他在桃花围绕的人间仙境里真是生活得无比快乐逍遥。

　　　　"桃之夭夭，灼灼其华。之子于归，宜其室家。"

（《诗经·桃夭》佚名）

　　　　"人间四月芳菲尽，山寺桃花始盛开。"（《大林寺桃花》白居易）

　　　　"桃花浅深处，似匀深浅妆。"（《桃花》元稹）

　　　　"人面不知何处去，桃花依旧笑春风。"（《题都城

南庄》崔护）

"桃花坞里桃花庵，桃花庵里桃花仙。"（《桃花庵歌》唐寅）

[万物百科]

桃树不喜欢过于湿润的环境，如果给桃树浇太多水，就可能会导致它的根腐烂。

此外，桃树是一种喜光的植物，多晒太阳能让桃树有更好的长势。需要注意的是，和所有的植物一样，如果光照时间太长，桃树的上端枝叶会生长得过于茂密，这会遮挡住下端的枝叶，使其无法接收到充足的光照，反而不利于整株植物的生长。

沙质土壤是最适合桃树生长的，但土壤一定要有相当的肥力。在众多植物里，桃树相对耐寒，喜爱的温度是10—20℃，桃花一般在初春时绽放。

二十三、莲花

提起莲花，人们的脑海中很快就会浮现出"出淤泥而不染，濯清涟而不妖"的句子。这两句描写莲花的绝妙句子，出自北宋周敦颐的散文《爱莲说》。

　　1063年，周敦颐应邀与一群文朋诗友游玩聚会。兴之所至，大家便相约写诗作文。周敦颐挥笔而就一篇一百一十九字的散文，就是名传后世的《爱莲说》。后来，周敦颐曾定居在江西庐山的莲花峰下，他在这里创办了"濂溪书院"，收徒讲学，自号"濂溪先生"。周敦颐爱莲成痴，在居所挖了一口池塘，用来种植莲花。周敦颐以莲花的净直来寄托保持人格高洁的追求，在讲学之余，他常常漫步在池塘前观赏莲花，闲来无事的时候，会约上几个好友一同赏玩。

　　莲花兼具淡雅和野趣的生命力量，这正是我们要讨论的主题。接下来，就让我们一起跟着古代的诗词，去体会莲花独特的美吧！

西洲曲（节选）

〔南朝〕乐府民歌

采莲南塘秋，莲花过人头。

低头弄莲子，莲子清如水。

置莲怀袖中，莲心彻底红。

忆郎郎不至，仰首望飞鸿。

在那秋天的南塘里采莲，莲花高高越过了人头。

低头拨弄着莲子，莲子如同水一样清澈。

把莲子藏入袖子里，那莲子心红得通透彻底。

思念郎君他却不能到来，抬头看向那天上的飞鸿。

赠荷花（节选）

〔唐〕李商隐

世间花叶不相伦，花入金盆叶作尘。

惟有绿荷红菡萏，卷舒开合任天真。

人们喜爱花朵而轻视花叶，花被放入金盆，叶子沦为尘土。

只有绿荷叶和红荷花相互交映，它们卷收舒展显得自然
天真。

摊破浣溪沙

〔南唐〕李璟

菡萏香销翠叶残，西风愁起绿波间。

还与韶光共憔悴，不堪看。

细雨梦回鸡塞远，小楼吹彻玉笙寒。

多少泪珠何限恨，倚阑干。

荷花与荷叶凋零，香气消散。西风吹动碧绿的水波，让人心生忧愁。

荷花的凋敝就像人在时光中老去，不忍看这憔悴的容颜。

梦中见到细雨和边塞，梦醒后，小楼里吹起呜咽凄凉的玉笙的响声。

有多少眼泪和幽恨，含着它们独倚栏杆。

苏幕遮

〔宋〕周邦彦

燎沉香，消溽暑。鸟雀呼晴，侵晓窥檐语。叶上初阳干宿雨，水面清圆，一一风荷举。

故乡遥，何日去？家住吴门，久作长安旅。五月渔郎相忆否？小楫轻舟，梦入芙蓉浦。

点燃沉香，消除夏天湿热的暑气。鸟儿们啼叫呼唤着晴天，清晨时分听见它们在屋檐下窃窃私语。朝阳洒在荷叶上晒干了昨夜的雨滴，水面清澈圆满，上面有一朵朵荷花在风中摇曳。

故乡遥远啊，何时才能归去？我家住在吴门，却久久在这长安客居。五月里的渔郎还记得我吗？我撑着小楫荡着轻舟，借着梦回到了那荷花丛中。

如梦令

〔宋〕李清照

常记溪亭日暮，沉醉不知归路。兴尽晚回舟，误入藕花深处。争渡，争渡，惊起一滩鸥鹭。

常常想起小时候在溪亭玩耍到太阳落山，陶醉于欢乐中流连忘返。玩到兴尽后才撑船回家，不小心驶入了莲花丛的深处。划呀，划呀，惊起了满滩的鸥鹭。

[诗歌赏析 不染]

莲花的淡雅，最主要体现在它的颜色和气味上。我们能常见到的莲花颜色有很多种——粉色、黄色、白色……它们大多数都是浅浅的颜色，大片的花瓣一层一层地交叠在一起，透明饱满的花被不显一丝杂质，在视觉上带来一种明净的感觉。慢慢地靠近它们，你能够嗅到的莲花香气也是清新淡雅的。在中国传统文化中，人们把淡雅的莲花，作为人品高洁的象征。

莲花还有一种特殊的生命力量。莲花并不是一种室内盆栽植物，它总是生长在户外的水塘里，所以如果我们想要见识莲花的美丽，总是要走出房间，走到大自然中去欣赏它。所以在中国古代的诗歌中，莲花总是和野外的景致结合在一起，表现出一种与其他花截然不同的野趣。

"低头弄莲子，莲子清如水。"（《西洲曲》）

"惟有绿荷红菡萏，卷舒开合任天真。"（《赠荷花》李商隐）

"菡萏香销翠叶残，西风愁起绿波间。"（《摊破浣溪沙》李璟）

"叶上初阳干宿雨，水面清圆，一一风荷举。"（《苏幕遮》周邦彦）

"兴尽晚回舟，误入藕花深处。"（《如梦令》李清照）

[万物百科]

莲花是一种生长在水里的植物。它的根须不发达，吸收土壤营养的能力很弱，所以莲花喜欢生长在平静、土质肥沃的浅水里，因此我们常常能在湖沼、泽地、池塘见到它。莲花不能离开水。夏天的莲花只要离开水几个小时，莲叶就会开始萎靡；如果离开水一天，那么莲叶的边缘就会开始变得焦枯，花蕾开始干枯。

除了喜水之外，莲花还十分喜光，在它生长的时候，就对光照的需求十分强烈。如果把莲花放在半阴半阳的地方，我们会发现它的生长会向有阳光的地方发展，这就是植物普遍具有的"趋光性"，但莲花的趋光性相比起很多其他的植物更为强烈。

也许你会好奇：为什么莲花只在夏天开？原来，莲花还是一种对温度要求很高的植物。温度在8—10℃的时候，莲花才会开始萌芽；处于25℃以下的环境才会生藕；要将温度维持在22—35℃的范围，莲花才会正常生长。所以我们在太冷或者太热的地方都很难见到莲花。

二十四、菊花

春生夏长，秋收冬藏——不仅是百花，世间万物的生息大都符合这一规律。但菊花却是个例外，菊花绽放的季节正是肃杀的秋天。这独特的表现让菊花成为不与世俗同流的象征，而奠定了这一传统的正是大诗人陶渊明。

　　陶渊明的曾祖父是东晋显赫一时的名臣陶侃，陶家后来逐渐没落，到了陶渊明成长的时候，家境已经十分贫困了。年轻的时候，陶渊明曾经几次出仕为官，但他的仕途并不顺利。直到四十岁，陶渊明彻底结束自己的官宦生涯，从此一直躬耕田园，隐居乡村。陶渊明的一生穷困潦倒，但他并不愿为了富贵功名而做一些有损人格的事情。陶渊明在自己的居所种下了许多菊花，他喜欢菊花的耐寒孤傲。采菊、赏菊是他陶冶心灵的活动，他在菊花中寄托着自己高洁的人格追求。

　　"孤傲"这一词语最适于形容菊花的品格，而"孤傲"同时也成为后世许多诗人的生命状态，无数美丽的咏菊诗篇正是在这一土壤中生长出来的。接下来就让我们一起通过具体的诗句去了解它吧。

和郭主簿·其二（节选）

〔晋〕陶渊明

芳菊开林耀，青松冠岩列。

怀此贞秀姿，卓为霜下杰。

芬芳的菊花在林中显得光彩照人，青翠的松树在岩石上排列成行。

菊花和青松有着坚强秀美的英姿，超然地挺立在霜雪之中。

重阳席上赋白菊

〔唐〕白居易

满园花菊郁金黄，中有孤丛色似霜。

还似今朝歌酒席，白头翁入少年场。

茂密金黄的菊花开满了园圃。中间有一丛孤单的白菊，颜色雪白如霜。

就像在今天的歌酒宴席上，一位白头老翁走进一群少年中。

菊花

〔唐〕元稹

秋丛绕舍似陶家，遍绕篱边日渐斜。

不是花中偏爱菊，此花开尽更无花。

秋天的菊花一丛丛环绕屋舍，看起来就像陶渊明的家。我环绕篱笆观赏菊花，不知不觉太阳已经西斜。

不是因为我在花中偏爱菊花，而是因为在菊花开尽之后，就难以再见到别的花了。

白菊

〔唐〕罗隐

虽被风霜竞欲催，皎然颜色不低摧。

已疑素手能妆出，又似金钱未染来。

香散自宜飘渌酒，叶交仍得荫苍苔。

寻思闭户中宵见，应认寒窗雪一堆。

虽然经受了风吹霜打，可是白菊洁白的花色却从不轻易改变。

就像是被女子的纤纤素手妆点而出，又像是从未被金钱所侵染那样纯洁无瑕。

它散出的阵阵清香就像美酒一样芬芳，它的枝叶连接在一起遮住了照向青苔的阳光。

我在夜晚独坐家中思考问题的时候见到这丛白菊，把它认作了窗前的一堆白雪。

咏菊

〔宋〕杨万里

物性从来各一家，谁贪寒瘦厌年华？

菊花自择风霜国，不是春光外菊花。

万事万物从来都是各有秉性，有谁贪恋寒冷消瘦，摒弃美好的年华？

是菊花自己选择了生活在风霜之中，而不是春光将菊花排挤在外。

[诗歌赏析　孤傲]

"孤傲"这个词语可以简单地理解为"孤独"和"骄傲"，菊花的生命形态很直接地表现了这些状态。

菊花的孤独体现在古人说的"早植晚登"。意思是菊花和其他花卉种下的时间差不多，但却绽放在百花凋零的秋天，这种孤独正是在开花时节的对比上产生的。孤独的花其实还有很多，比如开在冬天的梅花就是一例。

因此，当在说菊花是一种很"孤傲"的花时，我们其实更加强调的是"骄傲"的那一面。所谓"骄傲"并不是自以为了不起而看不起别人，这种情感是一种因为自信而产生的自豪。菊花能在秋天绽放，但这并不意味着它不会衰败。菊花的不同正在于即使老而干枯，却终究不会落瓣，保持着枯而不萎的样子。其次，从姿态上来说，菊花虽然像许多花一样，都是<u>一丛一丛</u>地开着，它的花朵总是昂着头，而不会压弯枝茎向地面倒去。这样的姿态就像为自己感到自豪的人，昂首挺胸地站立一样。

因此，我们可以说菊花的孤独是一种因为骄傲而产生的孤独。让我们再次通过诗句来尝试体会这种情感吧！

"芳菊开林耀，青松冠岩列。"（《和郭主簿》陶渊明）

"满园花菊郁金黄，中有孤丛色似霜。"（《重阳席上赋白菊》白居易）

"不是花中偏爱菊，此花开尽更无花。"（《菊花》元稹）

"虽被风霜竞欲催，皎然颜色不低摧。"（《白菊》罗隐）

"菊花自择风霜国，不是春光外菊花。"（《咏菊》杨万里）

[万物百科]

菊花是一种喜凉爽的植物，适合它生长的温度区间一般在18—21℃，所以我们常见到的菊花都是在秋天开花的。到了冬天，菊花就会枯萎，但是它的根部可以忍耐低温，植株就借着耐寒的根部越冬，潜藏在土壤中，到了来年的秋天再次开花。

肥沃湿润而且排水良好的土壤最适合菊花生存。菊花耐旱，但不耐涝，如果遇上连绵的阴雨天气，很容易死亡。除此之外，之前种植过植物的土壤也不适合用来培育菊花，因为连作过的土壤结构和养分不能适应或满足菊花的生长发育需要，这样培育出来的菊花往往形态瘦弱而且花色不鲜。

适度的阳光对菊花生长也是一个很重要的影响因素。如果光照时间太长，菊花反而没那么容易开花，所以在日照时间比较长的夏天，我们很难见到菊花的身影。

二十五、梅花

梅花也是一种开花季节独特的植物。作为开在冬天里的花，梅花因为它那凌霜傲雪的品质受到无数诗人的喜爱。为了更好地了解梅花，让我们先来听听"梅妻鹤子"的故事。

北宋时期有一位名叫林逋的诗人，他小时候刻苦好学，但性格恬淡，对做官求财等事情并不甚热衷。林逋长大后漫游江淮大地，后来就在杭州西湖孤山隐居。他最喜欢泛着小舟去西湖边上的寺庙游玩，常和高僧来往。而林逋自己养了两只鹤，每次有客人前来拜访而他不在的时候，看门的童子就把鹤放飞，林逋看到鹤后不久就会棹舟归来。此外，他还在自己隐居的孤山栽满梅花。人们都说他以梅花为妻，以鹤为子，林逋就因此得了一个"梅妻鹤子"的雅号。

听完了这个故事，也许你会有疑惑：似乎梅花和菊花一样都象征着不与世俗同流的高洁品性，那么梅花和菊花到底有什么不同呢？接下来，就让我们一起在诗句的学习中寻找这个问题的答案。

梅花落

〔南北朝〕鲍照

中庭多杂树，偏为梅咨嗟。

问君何独然？念其霜中能作花，露中能作实。

摇荡春风媚春日，念尔零落逐风飚，徒有霜华无霜质。

庭中的杂树众多，我却偏偏为梅花赞叹。问我为什么单单偏爱梅花？因为梅花能在霜雪中开花，能在凉露中结出果实。

而其他的花朵只能在春风春日中招摇，不久就会随风凋落，仅有凌霜的外表却无抗寒的品质。

早梅

〔唐〕张谓

一树寒梅白玉条，迥临村路傍溪桥。

不知近水花先发，疑是经冬雪未销。

有一树寒梅枝条如玉洁白，远离那喧嚣的村路而依傍在溪桥边。

不知道近水的梅花先绽放，误以为那是冬日的霜雪还没消融。

山园小梅·其一

〔宋〕林逋

众芳摇落独暄妍，占尽风情向小园。

疏影横斜水清浅，暗香浮动月黄昏。

霜禽欲下先偷眼，粉蝶如知合断魂。

幸有微吟可相狎，不须檀板共金尊。

百花凋零时梅花独自美丽，在小园中占尽了风光。

稀疏横斜的花影映在清浅的水中，幽淡的花香浮动在昏黄的月色之下。

白鹤想要飞下来时，先偷看梅花一眼，粉蝶若是知道梅花的美丽定会深深沉醉。

所幸我能低声吟唱，能与梅花亲近，不需要敲着檀板也能与它共饮美酒。

梅花绝句·其一

〔宋〕陆游

闻道梅花坼晓风，雪堆遍满四山中。

何方可化身千亿？一树梅花一放翁。

听说梅花已经迎着晨风绽开，像雪一样遍布四周山中。

有什么办法可以分身出千千万万个我？让每一棵梅花树前都有一个陆游常在。

白梅

〔元〕王冕

冰雪林中著此身，不同桃李混芳尘。

忽然一夜清香发，散作乾坤万里春。

梅花生长在冰雪林中，不和桃李花一样沦落为芳尘。

忽然一夜间梅花的清香散发出来，散落在万里天地间，预示着新春即将到来。

[诗歌赏析　坚韧]

讲到梅花，我们往往会用"坚韧"这个词去形容。"坚韧"包含着"坚强"和"柔韧"两个层面，因此也可以说梅花表现出一种刚柔相济的品质。

梅花的坚强指它不畏严寒而绽放，在逆境中表现出一种顽强的生命力。所谓逆境就是特别艰难的时候，这个时候人们往往容易失去信心从而放弃自己最初的梦想。但梅花却能在最寒冷的时候预示春天将至，令冬天的飘雪和飞霜成为自身的点缀。

但即便绽放在最寒冷的冬天，梅花也不会像菊花一样表现得孤傲，它的坚强中保藏着柔韧的一面。当它们隐匿在积雪之中，很多时候人们甚至需要依靠那若有若无的花香才能找到它们。这种在外观和气味上疏淡的特征表现着它的坚韧，诗人所谓"暗香""疏影"正是在赞扬它的含蓄内敛。

中国传统社会有一种对于完美人格的想象，那就是温柔而坚强。梅花恰好兼容着这刚柔相济的两面，这正是无数诗人对梅花如此喜爱的原因：

"霜中能作花，露中能作实。"（《梅花落》鲍照）

"不知近水花先发，疑是经冬雪未销。"（《早梅》张谓）

"疏影横斜水清浅，暗香浮动月黄昏。"（《山园小梅·其一》林逋）

"闻道梅花坼晓风，雪堆遍满四山中。"（《梅花绝句·其一》陆游）

"忽然一夜清香发，散作乾坤万里春。"（《白梅》王冕）

[万物百科]

梅花是一种喜爱温暖的植物，一般来说，温度在16—23℃的时候梅花生长得最好。但我们说梅花能够凌霜傲雪，原因在于它在温度不高的情况下也可以开花，甚至在-10℃

时都能够安然越冬。

梅花对土壤要求并不高。它耐贫瘠、耐旱，只要在排水良好以及有一定坡度的土地上都能够良好生长。

梅花怕涝，却喜欢湿润的空气。根部大量积水时便会腐坏；碰到过于干燥的天气时，生长出来的枝条往往比较干瘦。

光照对于梅花生长也很重要。阳光不够充足时，梅花的枝条就会显得瘦弱且开花稀少，病虫害也会随之增多。

梅花有许多种颜色，除了我们熟悉的白色以外，还有粉色、浅黄色、紫红色、深红色，等等。梅花不仅具备观赏价值，它还伴随着另外一样可供食用的美食——梅子。早在三千多年前的商朝，中国的上古先民就已经有食用果梅的习惯。在《诗经》之中，也有许多食用果梅，或者使用果梅作为烹饪调味品的记载。可见，梅花和梅子在中国人的传统文化和日常生活中一直扮演着重要的角色。

二十六、竹

竹子影响了人们生活的方方面面，人们用竹来修建房屋和桥梁、建造船只、生产纸张……同时，竹这种植物还极大地影响了我们的文化。在本章的诗歌学习开始前，让我们先来听听"胸有成竹"的故事。

宋朝的时候，有一位名叫文与可的画家，他是画竹子的高手，无数人登门求画。文与可能将竹子画得这么好，是因为他十分注重观察。无论是竹子的生长变化情况还是竹子的长短、粗细，叶子的形态、颜色，他都了然于心。文与可的好朋友苏轼曾评价说：别人画竹子都是一节一节，一叶一叶慢慢地堆上去的；而文与可画竹却十分迅速，这是因为他明白竹子是如何生长的，当文与可要画一棵竹子的时候，他心中已经有了一棵完整的竹子。

中国是竹子的故乡，中国人民历来就喜爱竹子，这种喜爱融入骨髓，让竹子成了清瘦坚韧人格的理想象征。接下来，就让我们通过诗歌来领会竹子的文化内涵吧！

诗经·淇奥（节选）

〔先秦〕佚名

瞻彼淇奥，绿竹猗猗。

有匪君子，如切如磋，如琢如磨。

瑟兮僩兮，赫兮咺兮。

有匪君子，终不可谖兮。

在那弯弯曲曲的淇水岸边，生长着一片片翠绿的竹林。

有位品行高尚的君子，就像经过细心打磨的玉器那样。

他的气质庄重、胸怀广大，地位显赫又威严。

这位高尚的君子啊，让人看一眼就难以忘记。

春日山中竹

〔唐〕裴说

数竿苍翠拟龙形，峭拔须教此地生。

无限野花开不得，半山寒色与春争。

几竿苍翠的竹子就像龙的身形，挺拔的样子正适合生长在这地方。

无数野花都无法在这里开放，唯有竹子能在这半山寒色中与春光相映。

严郑公宅同咏竹

〔唐〕杜甫

绿竹半含箨，新梢才出墙。

色侵书帙晚，阴过酒樽凉。

雨洗娟娟净，风吹细细香。

但令无剪伐，会见拂云长。

嫩绿的竹子还被笋壳部分包裹着，新长出来的枝梢刚刚伸出墙外。

翠竹的影子映在书上像是天色已晚，当影子移过酒杯时让人觉得清凉。

经过雨洗后的竹子秀丽而洁净，经过风吹后的竹子散发出淡淡清香。

只要不去砍伐它，总有一天会看到它高耸入云的样子。

於潜僧绿筠轩（节选）

〔宋〕苏轼

可使食无肉，不可居无竹。

无肉令人瘦，无竹令人俗。

宁可吃饭的时候没有肉，也不能让住的地方没有竹子。

没有肉让人变得消瘦，没有竹相伴让人变得庸俗。

竹石

〔清〕郑燮

咬定青山不放松，立根原在破岩中。

千磨万击还坚劲，任尔东西南北风。

竹子死死地咬住青山不肯放松，它的根原本就是从破裂的岩石中生长出来的。

不管经历多少的磨难和打击，它都依然保持坚韧强劲，无论哪里吹来的狂风都不能令它动摇。

[诗歌赏析　俊雅]

竹子的第一个形态特点是高。在中国古代，个子高往往被认为是大人君子的象征。《诗经·淇奥》先用竹子起兴，"瞻彼淇奥，绿竹猗猗"，带出后面要讲的"有匪君子"，其实就是把竹子这种体形高瘦、色彩青翠的特点和君子品行联系在一起。

竹子的第二个形态特点是中空外实，所以它又和君子虚心的宝贵品质联系在一起，表现出一种清雅的格调。所以宋代大文学家苏轼说"可使食无肉，不可居无竹"。

竹子的第三个形态特点是坚韧不拔。虽然竹子的内部是空的，但是它通过竹节的连接变得十分坚韧，很难被折断，这就对应着君子不屈不挠的刚毅品质。清代诗人、书画家郑燮，也就是大家非常熟悉的郑板桥，特别喜爱竹子，以画竹闻名于世，他笔下的竹子"千磨万击还坚劲，任尔东西南北风"，表现出坚持自我、不为外部环境所动摇的决心，令人十分敬佩。

"瞻彼淇奥，绿竹猗猗。"（《诗经·淇奥》佚名）

"数竿苍翠拟龙形，峭拔须教此地生。"（《春日山中竹》裴说）

"但令无剪伐，会见拂云长。"（《严郑公宅同咏竹》杜甫）

"可使食无肉，不可居无竹。"（《於潜僧绿筠轩》苏轼）

"千磨万击还坚劲，任尔东西南北风。"（《竹石》郑燮）

[万物百科]

竹子会开花吗？

竹子其实是会开花的，只不过竹子的花并不像其他花一样每年都开，很多人因此误以为竹子不会开花。竹子从出苗到开花的时间很漫长，一般可能需要几十年。

竹子开的花有一点像稻穗，上面有白白的、像絮一样的丝连着。

古时候，人们认为竹子开花是一种"不祥之兆"。因为竹子开花时常常会落叶，竹枝、竹竿都会枯萎。这其实是因为开花消耗掉了竹子内部的营养。然而竹子开花终归是一种自然现象，就算地面上的枝干在开花后枯死，地下的根系仍然能正常地生长，并慢慢长出新的竹子。

二十七、大雁

你也许听说过"鸿鹄之志"这个成语。"鸿鹄"中的"鸿"就是本章的主角——大雁。在正式学习与"大雁"相关的诗词前，让我们先来听听"汾水秋雁"的故事。

唐玄宗是中国历史上一位有名的皇帝。有一次，唐玄宗心中烦闷，趁着月色登上了勤政楼，命令宫中的乐伶为他唱几支歌儿听。乐伶中有人唱到李峤的《汾阴行》。

当时玄宗年岁已高，问这是谁写的诗。有人回答说："李峤。"玄宗听着悲伤地流出了眼泪，曲子还没唱完就坐起来说："李峤真是大才子啊！"

第二年，玄宗来到了四川，登上白卫岭，久久眺望远处山河，又沉吟起李峤的诗句来，不胜感叹。当时他的侍臣高力士在旁，听着也流下眼泪，久久不能自已。

大雁在诗人眼中总是带着"思归"的情感。什么是"思归"呢？答案都藏在诗词里，让我们一起开始本章的学习吧！

汾阴行（节选）

〔唐〕李峤

山川满目泪沾衣，富贵荣华能几时。

不见只今汾水上，唯有年年秋雁飞。

满目的山川让我泪下沾衣。荣华富贵能够持续多久？

当年来山西祭祀的汉武帝恐怕想不到，今天的汾河上寂寞清冷，只能看见年年的秋雁南归。

早寒江上有怀

〔唐〕孟浩然

木落雁南度，北风江上寒。

我家襄水曲，遥隔楚云端。

乡泪客中尽，孤帆天际看。

迷津欲有问，平海夕漫漫。

落叶的时节大雁也随之南飞，北风在江上吹着感到萧瑟寒冷。

我家住在那弯曲的襄水旁，远远地隔在楚天云海的那一端。

思乡的眼泪在客居中流尽，看着那孤帆在天的尽头航行。

风烟迷离渡口到底在何处，只见茫茫江水在夕阳下荡漾。

归雁

〔唐〕杜甫

东来万里客，乱定几年归？

肠断江城雁，高高正北飞。

春天来临，我这个漂泊万里的异乡人，什么时候才能等到战乱平复回到故乡？

看到那江城上的飞雁令我断肠，它们正自在高飞向北归去。

渔家傲·秋思

〔宋〕范仲淹

塞下秋来风景异，衡阳雁去无留意。四面边声连角起，千嶂里，长烟落日孤城闭。

浊酒一杯家万里，燕然未勒归无计。羌管悠悠霜满地，人不寐，将军白发征夫泪。

边塞秋天的风景与中原不同，离开这里向衡阳飞去的大雁毫无留恋之意。军中的号角声响彻四面八方。重重叠叠的群山里，长烟袅袅，落日西沉，孤城紧闭。

饮下一杯浊酒，思念远在万里之外的家乡。尚未平定边患，没有办法离开。羌笛悠悠地吹着，霜雪铺满了大地。人们都无法安睡，将军和士兵都增添了白发，默默地流着眼泪。

虞美人·听雨

〔宋〕蒋捷

少年听雨歌楼上，红烛昏罗帐。壮年听雨客舟中，江阔云低，断雁叫西风。

而今听雨僧庐下，鬓已星星也。悲欢离合总无情，一任阶前，点滴到天明。

少年的时候在歌楼上听雨，红烛昏黄映照在罗帐上。壮年的时候客居他乡在小舟上听雨，江水平阔而乌云低矮，孤雁伴着西风鸣叫。

而今在僧庐之下听雨，我的头发已经花白。悲欢离合总是不近人情。只管让那台阶前的小雨，点点滴滴地下到天亮吧！

[诗歌赏析　思归]

大雁是一种候鸟。为了在温度更加适宜的地方生活，大雁会在秋天飞往比较温暖的南方，在春天飞往比较凉爽的北方。因此我们常常会在诗句中看见"归雁"这样的字眼，对于大雁们来说，迁徙的目的就是寻找到一个合适自己生存的环境。

寻找到理想的栖息地同样也是诗人们的愿望，所以诗人们从大雁的来去联想到自身的处境。大雁飞起来体态非常舒展，来去自由，但诗人们却常常因为各式各样的原因漂泊他乡，无法到达自己理想的栖息地。这样的对比常常让人感到伤心。

除此之外，诗词中还常常出现"断鸿""孤雁"。"断鸿"和"孤雁"都是在迁徙途中掉队，从而离群的大雁。这样的意象在诗词中传达出来的是一种孤独和迷茫的感觉。现实中，大雁总能找到归途，诗人却不尽然。所以"断鸿""孤雁"其实是诗人自身的写照。看到大雁，诗人们内心中总会激荡起一种不知道该往何处去的迷茫，或知道该往何处去而身体被束缚的苦恼。

大雁在诗词中的存在表达的是一种对理想栖息地的追寻，诗人们就在这种求而不得的状态中苦苦徘徊着：

"不见只今汾水上，唯有年年秋雁飞。"（《汾阴行》李峤）

"木落雁南度，北风江上寒。"（《早寒江上有怀》孟浩然）

"肠断江城雁，高高正北飞。"（《归雁》杜甫）

"塞下秋来风景异，衡阳雁去无留意。"（《渔家傲·秋思》范仲淹）

"壮年听雨客舟中，江阔云低，断雁叫西风。"（《虞美人·听雨》蒋捷）

[万物百科]

衡阳是中国古代的一座历史文化名城，又被称为"雁城"。衡阳边的衡山上有一座回雁峰，被誉为南岳第一峰，是潇湘八景之一。与其他的著名山峰相比，回雁峰的海拔高度并不算高，只有一百米左右。但是历史上却有许多诗文提及它，其中最著名的莫过于唐代大诗人王勃《滕王阁序》中的"雁阵惊寒，声断衡阳之浦"。

在古人的观念中，大雁南飞过冬的终点就在这里，回雁峰因此得名。正如范仲淹的词句："塞下秋来风景异，衡阳雁去无留意。"古人认为大雁南飞，至此而回。还有一种说法认为回雁峰的山形像一只昂首的鸿雁。正是因为回雁峰坐落在了衡阳，因此衡阳市才有着"雁城"的美称。

二十八、鱼

在大自然里，几乎有水的地方就有鱼。今天我们就要开始学习和"鱼"相关的诗词。在这之前，我们先来听听"子非鱼"的故事。

战国时期，有庄子和惠子两位思想家，他们是好朋友。

有一天，庄子和惠子在濠水的桥梁上散步。桥下的鲦鱼自在地游来游去，庄子看着它们对惠子说："你看它们悠然自得的样子，这是属于鱼的快乐啊！"

惠子回答道："你又不是鱼，你从哪里知道鱼的快乐呢？"

庄子说："你不是我，你怎么知道我不知道鱼的快乐？"

惠子说："我不是你，我当然不懂得你；但你也不是鱼，你也不懂得鱼。"

庄子又说："让我们回到最开始的话题。你问我是从哪里知道鱼的快乐的。这就是知道了我懂得鱼的快乐才来问我，而我是从濠水的桥梁上知道的。"

这个故事就是著名的"濠梁之辩"。

诗人在面对鱼的时候，总怀抱着一种羡慕的情感。诗人到底在羡慕什么呢？让我们一起从诗歌的学习开始，寻找问题的答案。

诗经·鱼藻

〔先秦〕佚名

鱼在在藻，有颁其首。王在在镐，岂乐饮酒。

鱼在在藻，有莘其尾。王在在镐，饮酒乐岂。

鱼在在藻，依于其蒲。王在在镐，有那其居。

鱼儿在水藻中游动，摇动着它们大大的头儿。周王住在镐京城，十分欢乐地饮着酒。

鱼儿在水藻中游动，摆动着它们长长的尾巴。周王住在镐京城，饮着酒十分地欢乐。

鱼儿在水藻中游动，依偎在蒲草旁。周王住在镐京城，那是个能够安居的好地方。

送别得书字

〔唐〕李白

水色南天远，舟行若在虚。

迁人发佳兴，吾子访闲居。

日落看归鸟，潭澄羡跃鱼。

圣朝思贾谊，应降紫泥书。

水色映照南方的天空显得空阔遥远，小舟行驶在上面好像游走在虚空。

被贬谪的人乘着好兴致，来访问我空闲的居所。

日落时分看那回巢的飞鸟，羡慕地看着清澈潭水中的鱼儿自在跳跃。

圣明的朝廷会爱惜像贾谊一样的人才，应当不久就会下诏书请你去做官。

兰溪棹歌

〔唐〕戴叔伦

凉月如眉挂柳湾，越中山色镜中看。

兰溪三日桃花雨，半夜鲤鱼来上滩。

一弯像蛾眉的凉月挂在柳湾上，从那如镜的水中看越地的山色。

兰溪这地方连下了三天春雨，夜半人静的时候，鲤鱼纷纷涌到了河滩上来。

李凭箜篌引（节选）

〔唐〕李贺

梦入神山教神妪，老鱼跳波瘦蛟舞。

吴质不眠倚桂树，露脚斜飞湿寒兔。

梦中进入神山向神女传授绝艺，老鱼随着乐声在水波中跳跃，细瘦的蛟龙也随之起舞。

月宫中的吴刚彻夜不眠地倚靠桂树听着，玉兔听了也不顾那斜飞的露珠滴湿在身上。

沁园春·长沙

毛泽东

独立寒秋，湘江北去，橘子洲头。看万山红遍，层林尽染；漫江碧透，百舸争流。鹰击长空，鱼翔浅底，万类霜天竞自由。怅寥廓，问苍茫大地，谁主沉浮？

携来百侣曾游。忆往昔峥嵘岁月稠。恰同学少年，风华正茂；书生意气，挥斥方遒。指点江山，激扬文字，粪土当年万户侯。曾记否，到中流击水，浪遏飞舟？

在这寒冷的秋天，湘江向北流去，我独自伫立在橘子洲头。看那万山都因枫叶红遍，一层层的树林都被浸染；广阔的江水澄澈青碧，一艘艘大船争游。雄鹰在无垠的天空盘旋，鱼儿在浅澈的水中游动，天地万物在这秋天里自由活动着。此时思绪突然涌上心头，欲问这苍茫的大地上，是谁主宰着盛衰兴亡？

曾与同学们到此游玩。想起以前许多令人内心激荡的岁月。恰是同学们青春年少之际，风华正茂之时；心中那书生般的激情，抒发出来正强健有力。评论国家大事，写下慷慨的文章，对当年的军阀官僚看得如同粪土一般。可曾记得，当年我们在那浪花大得能挡住飞舟的激流中一起游泳？

[诗歌赏析　灵动]

　　鱼是一种非常灵动的动物。

　　鱼儿生活在水中，在游泳的时候只要摆动几下身子就能轻快地游出去很远，并且随时改变方向，令人难以捉摸。它们时而浮出水面，时而潜下水底，时而钻到各种水生植物里躲起来，时而成群结伴而行，多姿多态，非常具有观赏价值。

　　鱼儿总是自由自在的，所以诗人看见它们的时候常常会产生这样的联想：如果我也能像它们一样自由自在，那该有多好啊！但现实往往不尽如人意，那种永远无忧无虑的天真似乎只能在鱼儿身上看见。这正是诗人们常常对鱼儿怀抱羡慕之情的原因。

　　　　"鱼在在藻，有颁其首。"（《诗经·鱼藻》）

　　　　"日落看归鸟，潭澄羡跃鱼。"（《送别得书字》李白）

　　　　"兰溪三日桃花雨，半夜鲤鱼来上滩。"（《兰溪棹歌》戴叔伦）

"梦入神山教神妪，老鱼跳波瘦蛟舞。"（《李凭箜篌引》李贺）

"鹰击长空，鱼翔浅底，万类霜天竞自由。"（《沁园春·长沙》毛泽东）

[万物百科]

鱼儿虽然生活在水中，但它们和人一样必须通过呼吸氧气才能生存。那鱼儿在水中是如何进行呼吸的呢？

原来，水中和空气中一样都有氧气。人之所以不能够在水中呼吸，是因为我们的身体没办法直接从水中把氧气分离出来。鱼儿却不一样，鱼身上有一个叫作"鳃"的部位，它就负责把水中的氧气分离出来，供应鱼呼吸的需求。

夏天，我们常常能看见鱼儿浮到水面上，这其实也是鱼在进行呼吸。因为夏天比较炎热，水中的氧气含量会降低。当水中的氧气不够的时候，鱼儿就要到水面来吸收氧气。

二十九、蝉

大多时候，蝉在诗歌中是一种陪衬，作为夏秋季节景象的点缀存在；但有这样一类专门咏蝉的诗，它可谓是直接勾勒出了古代诗人们的形象。这后一类的咏蝉诗正是我们本章要学习的对象。在这之前，让我们先来了解诗人骆宾王的故事。

　　你一定知道《咏鹅》这首脍炙人口的诗，它是唐代大诗人骆宾王在7岁的时候写下的。骆宾王一生都是一个清正耿直的人，而且始终心怀治国安邦的抱负。骆宾王秉公执法，眼中只有实在的证据而不顾世俗人情，惩办了一大批贪赃枉法的官员。他还屡屡向皇帝上书，请求改革时弊。一些权贵为私利找他求情，却统统被严词拒绝。于是骆宾王得罪了许多人，不久就被诬陷入狱。在监狱里，骆宾王对所谓罪状一概不认，并写下了《在狱咏蝉》表露内心。在第二年，他便被赦免出狱，到一个叫临海县的地方任职，世人也因此称他为"骆临海"。

蝉

〔唐〕虞世南

垂绥饮清露，流响出疏桐。

居高声自远，非是藉秋风。

蝉垂下像帽缨一样的嘴饮着清澈的露水，蝉鸣从疏朗的梧桐树上传出来。

身处高处声音自然传得远，并不是依靠了秋风。

在狱咏蝉

〔唐〕骆宾王

西陆蝉声唱，南冠客思深。

不堪玄鬓影，来对白头吟。

露重飞难进，风多响易沉。

无人信高洁，谁为表予心？

秋天里寒蝉声声鸣唱，身为囚徒的我有着满心的思绪。

怎么能受得住让那黑翼的蝉，来对着须发斑白的我吟唱。

霜露浓重难以振翅而飞，在瑟瑟的秋风中蝉鸣轻易被淹没。

没有人相信蝉居高食洁，更有谁来为我申冤昭雪呢？

蝉

〔唐〕李商隐

本以高难饱，徒劳恨费声。

五更疏欲断，一树碧无情。

薄宦梗犹泛，故园芜已平。

烦君最相警，我亦举家清。

蝉本来就因身处高枝餐风饮露而难得一饱，却还白白辛苦地鸣叫个不停。

夜最深的时候蝉鸣已经稀落欲断，可是那碧绿的树木却无动于衷。

我官职卑微四处漂泊，故乡的田园已经一片荒芜。

多谢蝉鸣仿佛对我提出警示，我的生活也如同你一样清正。

浣溪沙

〔宋〕晏殊

湖上西风急暮蝉，夜来清露湿红莲。少留归骑促歌筵。

为别莫辞金盏酒，入朝须近玉炉烟。不知重会是何年。

秋风吹拂在湖面上，傍晚时分，蝉声急促。红莲经夜被露水打湿。为了暂时挽留住将要离去的客人，只好加速酒筵的进程。

在即将离别的时刻，切莫推辞杯中的美酒。入朝以后，一定会度过一段寂寞的时光，不知何时才得重逢。

[诗歌赏析　高洁]

本章所选取的前三首关于蝉的诗歌，是历史上描写蝉的最负盛名的三首诗歌作品，被称为"咏蝉三绝"。这三首诗歌的作者，身份地位、才情性格大不相同，所以他们所写作的对象虽然都是蝉，但是意趣大不相同。

虞世南是唐代初年重要的政治家、文学家和书法家。他性情耿直孤傲，敢于直言进谏，深受唐太宗李世民的信任，政治地位很高。所以他借蝉这种动物书写他作为一个政治家的高洁风骨："居高声自远，非是藉秋风。"寓意自己品行高洁，不肯趋炎附势，表现出一种自信、清爽的感觉。

骆宾王是少年成名的天才诗人。虽然才华横溢，但是政治上却一直很不顺利。他因为得罪了当朝皇帝武则天而被捕下狱，他的这首《在狱咏蝉》，就是写作于被关在监狱里的时候。在残酷的政治斗争中，诗人写下的诗句是非常沉重的，所谓"露重飞难进，风多响易沉"，表现出自己前途未卜，生死茫茫的悲伤。

李商隐是晚唐著名诗人，虽然诗歌写得非常出色，但自己的事业发展却总不能如意。李商隐一生没有受到过重用，没有担任过重要的职务。所以他笔下的蝉，"五更疏欲断，一树碧无情"，表现出一种壮志未酬，郁郁不得志的凄凉。

尽管三位大诗人的境遇不同，诗作的意趣有所差别，但是所咏对象——蝉，却寄托着一个相同的品质，那就是高洁。诗人们在不同的境遇下都坚持着自己不可动摇的高洁品质，这是非常难能可贵的。

"居高声自远，非是藉秋风。"（《蝉》虞世南）

"露重飞难进，风多响易沉。"（《在狱咏蝉》骆宾王）

"五更疏欲断，一树碧无情。"（《蝉》李商隐）

"湖上西风急暮蝉，夜来清露湿红莲。"（《浣溪沙》晏殊）

[万物百科]

蝉是非常喜欢唱歌的。它翼后的空腔里带有一种像钹一样的乐器。它还不满足，还要在胸部安置一种响板，以增加声音的强度。的确，有种蝉，为了满足音乐的嗜好，牺牲了很多。因为有这种巨大的响板，使得生命器官都无处安置，只得把它们压紧到身体最小的角落里。当然了，要热心委身于音乐，那么只有缩小内部的器官，来安置乐器了。

但是不幸得很，它这样喜欢的音乐，对于别人，却完全不能引起兴趣。就是我也还没有发现它唱歌的目的。通常的猜想以为它是在叫喊同伴，然而事实明显，这个看法是错误的。

蝉与我比邻相守，到现在已有十五年了，每个夏天差不多有两个月之久，它们总不离我的视线，而歌声也不离我的耳畔。我通常都看见它们在筱悬木的柔枝上，排成一列，歌唱者和它的伴侣比肩而坐。吸管插到树皮里，动也不动地狂饮，夕阳西下，它们就沿着树枝用慢而且稳的脚步，寻找温暖的地方。无论在饮水或行动时，它们从未停止过歌唱。

——节选自法布尔《昆虫记》

三十、燕

很久很久以前，有一名叫简狄的女子，她长得美丽动人。有一天，简狄到河中沐浴，期间忽然有两只玄鸟飞来，等到简狄出浴，玄鸟也飞走了，岸边却留下了一枚玄鸟蛋。简狄没多想，就将它吞进了肚里，没想到却因此怀胎生下了一个孩子，这个孩子名为"契"。后来大禹治水的时候，契还帮助过大禹，因此被封赏在了一个叫"商"的地方。

契的后代就在商这个地方生生不息地繁衍着，最后成为强大的商部族。大禹建立的夏朝在几百年之后，因为统治者的暴虐被推翻，其中带头的部落正是商。由于契是母亲简狄吞玄鸟蛋而生，所以商族的人们就以玄鸟作为部落、朝代的图腾。商族玄鸟的原型就是我们今天见到的燕子。

燕和雁虽然读音一样，但它们是两种完全不同的鸟儿。不同于大雁的舒展，燕子表现出的是一种"轻灵"的姿态。

诗经·燕燕（节选）

〔先秦〕佚名

燕燕于飞，差池其羽。之子于归，远送于野。

瞻望弗及，泣涕如雨。

燕燕于飞，颉之颃之。之子于归，远于将之。

瞻望弗及，伫立以泣。

燕子在飞翔，参差地舒展着翅膀。那人就要出嫁，远远地相送在野郊外。无法眺望到离去的身影，眼泪如同雨点般落下。

燕子在飞翔，一上一下地在翻飞。那人就要出嫁，远远地将她相送。无法眺望到离去的身影，只好久久地站在原地哭泣。

苏溪亭

〔唐〕戴叔伦

苏溪亭上草漫漫，谁倚东风十二阑。

燕子不归春事晚，一汀烟雨杏花寒。

苏溪亭上长满了青草，谁在东风中唱着阑干十二曲？

燕子没有归来春光已晚，水岸上笼罩着蒙蒙烟雨，杏花在料峭春风中感到丝丝寒意。

乌衣巷

〔唐〕刘禹锡

朱雀桥边野草花，乌衣巷口夕阳斜。

旧时王谢堂前燕，飞入寻常百姓家。

朱雀桥边开着野草花，夕阳斜斜地照在乌衣巷口。

过去王导、谢安家檐下的燕子，今日已经飞进寻常百姓的家中。

浣溪沙

〔宋〕晏殊

一曲新词酒一杯，去年天气旧亭台。夕阳西下几时回？

无可奈何花落去，似曾相识燕归来。小园香径独徘徊。

听取一支新曲便饮酒一杯，天气和亭台依旧像去年，西下的夕阳何时回转？

鲜花终将落去是多么令人无可奈何的事情啊，似曾相识的燕子再次归来。在这花香满径的小园中独自徘徊。

临江仙

〔宋〕晏几道

梦后楼台高锁，酒醒帘幕低垂。去年春恨却来时。

落花人独立，微雨燕双飞。

记得小蘋初见，两重心字罗衣。琵琶弦上说相思。
当时明月在，曾照彩云归。

醉后醒来，只见帘幕低垂，楼台高锁，激起我去年春天的愁思。孤独的人伫立在落花之下，结伴的燕子在微微细雨中穿飞。

还记得与小蘋初次相见，她穿着绣有两重"心"字的轻衫。在琵琶弦上弹着相思之情。当时明月如今仍在，曾照着她彩云一样的身影归去。

[诗歌赏析　轻灵]

相比飞起来给人感觉很舒缓的大雁，燕子是娇小而灵动的。如果有机会能仔细地观察燕子，你会发现燕子对比起其他鸟儿有着相对细长的身躯，这细长的身体就让燕子在飞行的时候减少很多空气阻力，令它们能自由轻快地穿梭。但细长的身躯仅仅只能让燕子飞得轻快，燕子灵巧的原因还在它身后那像剪刀一样的"尾巴"。燕尾可以让燕子在飞翔的时候更好地保持平衡，更加灵活地转弯。我们有时候会见到人们用"颉颃"这个词语来形容鸟儿上下翻飞的姿态。其实这个词语最初是专门为轻快灵巧的燕子而造的，它的出处正是《诗经·燕燕》。

除了燕子轻灵的姿态之外，我们再讲一讲诗人们是如何用燕子来表现"离别"的。其实用燕子来表现"离别"和用大雁来表现"思归"的方式是一样的。燕子飞翔的时候一般都是成双成对的，而诗人们离别的状态之下看见双飞的燕子，自然就难以抑制自己的伤心之情。这种表现方式就是"对比"。将自身与自然景物进行对比，这会给人带来最朴素、最直接的情感体验：能够像双飞的燕子一样，不受离别之苦，人于是欣喜；无奈成为离群的雁，受迷茫之苦，人于是悲伤。

但"燕子"这个意象在中国古代诗词中不仅仅表现"离别"，它还能表现很多情感或事物：怀古、春天、爱情等。接下来就让我们通过回味诗句来具体感受一下：

"燕燕于飞，差池其羽。"（《诗经·燕燕》佚名）

"燕子不归春事晚，一汀烟雨杏花寒。"（《苏溪亭》戴叔伦）

"旧时王谢堂前燕，飞入寻常百姓家。"（《乌衣巷》刘禹锡）

"无可奈何花落去，似曾相识燕归来。"（《浣溪沙》晏殊）

"落花人独立，微雨燕双飞。"（《临江仙》晏几道）

为什么我们在阴雨天更容易看到燕子？在回答这个问题之前，让我们一起来听听"石燕"的传说。

在南北朝时期，有一位名叫郦道元的地理学家，他写下的《水经注》是古代中国的地理学巨作。《水经注》记载了许多中国地理的相关知识，其中也有不少神话传说，"石燕"就是其中一个。传说，湘江流经一座山，山上有许多红黑色的石头，这些石头的外形长得很像燕子，大大小小的就像燕妈妈和燕宝宝一样。等到将要下雨的时候，天上响起雷声，山上刮起大风，这些石燕就会像真的燕子一样飞起来。

我们在阴雨天更容易看到燕子，原因在于燕子会在雨天的时候低飞。一般来说，燕子最高能飞到300米，而就算平时不飞这么高，也不会低到人平视的视野里。所以要想见到燕子，我们常常需要抬头看。但你会发现，阴雨天的燕子会在只有几米，甚至一两米的高度来去穿梭。

这是因为阴雨天时空气潮湿，湿重的空气沾在小虫身上，令得它们无法在高处飞行。所以，为了捕虫吃，燕子们也不得不随之低飞。

三十一、鹰

在我们的印象中，鸟儿大多是十分温驯的，但本章的主角鹰却不一样。在正式开始学习与"鹰"相关的诗词之前，让我们一起来听听故事吧！

春秋时期的楚文王很喜欢打猎，于是把天下最好的鹰犬都收集到了身边。后来，有一人给楚王献上了一只鹰，并说："我的鹰和大王您的鹰可不一样。"突然这时候，云端好像有什么东西在飞翔——形态飘然，颜色洁白。大家都在疑惑那是什么的时候，鹰忽然像闪电一样直飞天上，不一会儿天上飘落下来像雪一样的羽毛以及像雨一样的血滴。又过了很久，一只大鸟从天上重重摔下来死去，那只鸟张开的翅膀有数十里这么长，鸟嘴边是黄色的，大家都不知道这是什么。这时有位博闻强识的人说道："这是传说中的大鹏鸟，但它还是只雏鸟，刚开始学飞，所以被鹰击落下来。"楚王见到那鹰如此勇猛，于是大大地赏赐了献鹰者。

鹰是一种极为凶猛的鸟类，被称为鸟中的霸主，它的精神气质可以概括为"凌厉"。接下来，就让我们一起通过诗词来体会鹰的精神气质。

观放白鹰二首·其一

〔唐〕李白

八月边风高，胡鹰白锦毛。

孤飞一片雪，百里见秋毫。

八月的边疆风高气爽，边疆的老鹰全身是洁白如锦的羽毛。
孤飞时就像一片飘翔的雪花，在百里之外能看清细微之物。

画鹰

〔唐〕杜甫

素练风霜起，苍鹰画作殊。

搜身思狡兔，侧目似愁胡。

绦镟光堪摘，轩楹势可呼。

何当击凡鸟，毛血洒平芜。

洁白的画绢像有风霜在弥漫着，画在上面的苍鹰当真是
器宇不凡。

绷紧身子像是在搜寻狡兔，侧目而视，目光深邃犀利。

拴住鹰的绳轴可以摘下，悬立在廊柱上的画鹰好像真鹰
一样可以用作打猎。

何时能让这鹰搏击那些平庸的鸟儿，让它们的羽毛和血
洒落在原野上。

笼鹰词（节选）

〔唐〕柳宗元

凄风淅沥飞严霜，苍鹰上击翻曙光。

云披雾裂虹霓断，霹雳掣电捎平冈。

砉然劲翮翦荆棘，下攫狐兔腾苍茫。

爪毛吻血百鸟逝，独立四顾时激昂。

瑟瑟秋风中飘飞着寒霜，苍鹰展翅高飞沐浴着曙光。

翅膀劈开云雾和彩虹，闪电般掠过平阔的山岗。

强健的羽翼斩断荆棘发出响声，俯冲下来抓起狐狸兔子又重飞到天上。

沾染着血的利爪让百鸟纷纷躲藏，独立时环顾四周内心慷慨激昂。

咏架上鹰

〔唐〕崔铉

天边心胆架头身，欲拟飞腾未有因。

万里碧霄终一去，不知谁是解绦人。

雄鹰有高翔在天边的心气和胆魄，但身体却被束缚在鹰架上。想要飞腾，却没有凭借。

雄鹰终将飞往万里高的碧空。不知道谁是帮它解开束缚的人。

六州歌头（节选）

〔宋〕贺铸

少年侠气，交结五都雄。肝胆洞，毛发耸。立谈中，死生同。一诺千金重。推翘勇，矜豪纵。轻盖拥，联飞鞚，斗城东。轰饮酒垆，春色浮寒瓮，吸海垂虹。闲呼鹰嗾犬，白羽摘雕弓，狡穴俄空。乐匆匆。

少年人胸中充满着豪侠之气，广泛交结各地的豪杰之士。肝胆相照，怒发冲冠。相立而谈，生死与共。一句诺言比千金的分量更重。推崇无畏和勇敢的品质，珍惜豪爽直率的朋友。坐着轻车而行，骑着快马而奔，相聚在斗城的东边。在酒垆中豪饮，春色浮现在坛里凉凉的酒中，喝酒就像吞饮海水，吸啜彩虹。兴致来时带上猎鹰和猎犬，拿起白羽装饰能射下大雕的弓箭，瞬间荡平狡兔的巢穴。欢畅的时光匆匆而过。

[诗歌赏析 凌厉]

鹰是一种非常凌厉的鸟类。

如果有机会近距离观察到鹰，我们一定要先仔细看它的羽毛。鹰的体型要比一般的鸟类大上许多，所以不同于普通小鸟的羽毛，它的羽毛都是大片大片的。而且在阳光的照耀下，这些羽毛就像鳞片一样层次分明。大而分明的羽毛在鹰身上整齐排布，那外形就如同坚硬的盔甲一般，这让人充分感受到鹰羽翅的刚健。强壮的翅膀令鹰能在天空中翱翔，就算飞在高空，鹰也能将地上的事物看得一清二楚。

鹰在落地捕猎的时候会从天空中向下急速俯冲，弯钩般的鹰喙、蓄势的鹰爪和强劲的身躯协作，瞬间将猎物捕获，整个过程干净利落。

鹰这种凌厉的英气为诗人深深喜爱，因此在古典文化语境中，鹰有着"凌霄君""决云儿"这样的美称，它也经常被诗人们写进诗歌里。

"孤飞一片雪，百里见秋毫。"（《观放白鹰二首·其一》李白）

"素练风霜起，苍鹰画作殊。"（《画鹰》杜甫）

"凄风淅沥飞严霜，苍鹰上击翻曙光。"（《笼鹰词（节选）》柳宗元）

"闲呼鹰嗾犬，白羽摘雕弓，狡穴俄空。"（《六州歌头（节选）》贺铸）

"万里碧霄终一去，不知谁是解绦人。"（《咏架上鹰》崔铉）

　　鹰飞在高空为什么能看清地面上的猎物？人眼睛的视网膜上有一个叫"中央凹"的凹槽，"中央凹"是视网膜中视觉最敏锐的区域，一般的动物每只眼睛只有一个中央凹，而鹰却有两个。除此之外鹰眼中央凹的感光细胞多达100多万个，而人仅有15万个。

　　正是因为鹰的视野开阔，所以古人在打猎的时候常常会把鹰放到天空中以寻找猎物的位置。饥饿的鹰看到了猎物便会俯冲而下，打猎的人们就骑马向着鹰下冲的地方赶去，开启他们的狩猎活动。

三十二、马

魏晋时期有着以貌取人的风气，要进入高级别的文化圈，外表好看是重要的条件。所以《世说新语》里面记载的魏晋名士，经常会相互恭维对方的长相。

当时有一位名为支遁的和尚，他长相十分不好看。有人说自己喜欢听支遁发表高论，但不愿意见到他。甚至，支遁去别人家拜访，家仆因为见到他的脸而不敢放他进门。大臣谢安提及支遁的长相时只好说："林公（支遁）双眼黯黯明黑。"意思是，支遁的眼睛很有神。支遁喜欢养宠物，不过他养的不是小猫、小狗一类的宠物，他喜欢养马。有人批评他说，一个出家人养宠物，不成体统。他却很认真地回答说："贫僧养的不是马，是神骏。"

"神骏"是一个形容词，和谢安评价支遁"双眼黯黯明黑"有异曲同工之意，它可以用来形容马那种奔腾的力量感和速度感，同时也可以用来比喻一个人昂扬饱满、意气风发的精神气质。下面，我们就一起来看看马是如何奔腾在诗人们的妙笔之下的。

观猎

〔唐〕王维

风劲角弓鸣，将军猎渭城。

草枯鹰眼疾，雪尽马蹄轻。

忽过新丰市，还归细柳营。

回看射雕处，千里暮云平。

大风与弓弦的声音一起呼啸着，将军在渭城的郊外狩猎。

青草枯黄让鹰隼的眼睛变得更加锐利，白雪消融让骏马奔驰得格外轻快。

转眼之间猎骑到了新丰酒市，不久将军就带领着猎队回到细柳营。

回首远眺射雕的地方，傍晚夕阳照耀的千里阵云在天边铺展开。

侠客行（节选）

〔唐〕李白

赵客缦胡缨，吴钩霜雪明。

银鞍照白马，飒沓如流星。

燕赵之地的侠客头戴武士的冠缨。腰间的吴钩就像霜雪一样明亮。

银色的马鞍映着白马的影子。侠客骑马驰骋，就像天上的流星飞驰而过。

房兵曹胡马诗

〔唐〕杜甫

胡马大宛名，锋棱瘦骨成。

竹批双耳峻，风入四蹄轻。

所向无空阔，真堪托死生！

骁腾有如此，万里可横行。

这匹马是著名的大宛马，它那精瘦的筋骨如同刀锋一样分明。

那竖直的双耳如同劈开的尖竹，轻盈的四蹄如同被风托起。

骑着它可以随心驰骋，真是值得托付生死！

有这样的骏马在身旁，天下万里任我驰骋。

马诗二十三首·其五

〔唐〕李贺

大漠沙如雪，燕山月似钩。

何当金络脑，快走踏清秋。

夜晚中大漠的白沙如雪，燕山上的弯月如钩。

什么时候能够给马儿戴上黄金装饰的笼头，在明净爽朗的秋天中飞奔。

破阵子·为陈同甫赋壮词以寄之

〔宋〕辛弃疾

醉里挑灯看剑，梦回吹角连营。八百里分麾下炙，五十弦翻塞外声，沙场秋点兵。

马作的卢飞快，弓如霹雳弦惊。了却君王天下事，赢得生前身后名。可怜白发生！

醉中点亮灯，抚看宝剑。梦里像回到了那个号角声接连不断的军营中。把烤牛肉分赏给部下，乐器演奏着悲壮的塞外战歌，秋天的沙场上正检阅着军队。

战马就像的卢马一样跑得飞快，箭出弓弦就像雷霆一样震耳。我愿为君王了却平定天下的大事，赢得生前死后的美名。只可惜自己壮志未酬，头上已经长出许多白发。

[诗歌赏析 神骏]

古代的马用途很广。一般来说，在古时候的战争、打猎、交通运输等场景中，我们常常能见到马的身影。战争、打猎、交通运输等都是一些节奏十分快的活动。可以设想一下，在对敌人或者猎物进行追击的时候，人们不可能骑上慢腾腾的牛进行追赶，所以勤恳朴拙的牛一般都被安排在农田中犁地；而在托运货物的时候，人们也不会选择可爱的小羊来拉车，所以温驯可爱的羊一般都被豢养在羊圈里。

马天生具有灵活的四条腿和健硕的身躯，所以它们能很好地胜任这一切。马在运动时，身上的速度感和力量感完美地结合在一起，它承载着人们奔向远方的理想。所以在古人心目中，马是自由与力量的象征，让我们一起来跟随诗句再次感受一下：

　　"草枯鹰眼疾，雪尽马蹄轻。"（《观猎》王维）

　　"银鞍照白马，飒沓如流星。"（《侠客行（节选）》李白）

　　"竹批双耳峻，风入四蹄轻。"（《房兵曹胡马诗》杜甫）

　　"何当金络脑，快走踏清秋。"（《马诗二十三首·其五》李贺）

　　"马作的卢飞快，弓如霹雳弦惊。"（《破阵子·为陈同甫赋壮词以寄之》辛弃疾）

马儿为什么站着睡觉?

马站着睡觉是大自然进化的结果。作为一种食草动物,马会在草原上碰到各种天敌,站着睡觉能够让马在天敌来临的时候迅速逃生。

可能你难以想象,站着怎么能睡着?其实这是进化的结果。进化很多时候是环境对动物的挑选。以马为例,那些能够站着就睡着,并且不会消耗太多能量的马儿能在面临天敌的时候更好地保护自己,从而获得生存的机会。对那些站着难以睡着的马儿来说,面对天敌时候的生存机会就会小一些。在长期的发展过程中,能够适应站着睡觉的马儿生存了下来,不能适应的则被淘汰掉。所以,我们今天看到的马儿大多都能够站着睡觉。

三十三、鹿

鹿在中国文化中象征着美丽、优雅和神性。在敦煌壁画中，流传着一个"九色鹿"的故事。

　　传说中，有一只美丽又善良的九色神鹿。一天，九色鹿在河边散步，忽然听见河里传来求救声。九色鹿定睛一看，原来是有人掉进了河里。九色鹿不顾自己的安危，纵身一跃，跳进河里把人救了出来。被救上来的那人感激涕零，频频向九色鹿叩头道谢。九色鹿对那人说："不必感谢我，只希望你不要向任何人透露我的行踪。"那人一口就答应下来了，并赌誓说："如果我向别人透露了你的行踪，就让我的身上长满烂疮！"

　　离开九色鹿后，那人在途中见到了国王重金悬赏九色鹿的告示，原来王后因为九色鹿的样子十分美丽，所以想要得到它。那人见利忘义，很快就忘记了自己发下的誓言，他跑到国王那里去告密。没多久，国王带着军队顺着那人提供的线索找到了九色鹿。陷在重重包围中的九色鹿猛然跳到了国王面前，向他述说了自己救人，又遭背叛的经过。

　　国王和士兵们被九色鹿深深打动，将仇视和敌对的目光投射到那见利忘义的人身上。那人无地自容，霎时间，身上就长满了烂疮，从此永远遭受世人的鄙夷和唾骂。

诗经·鹿鸣

〔先秦〕佚名

呦呦鹿鸣，食野之苹。我有嘉宾，鼓瑟吹笙。

吹笙鼓簧，承筐是将。人之好我，示我周行。

呦呦鹿鸣，食野之蒿。我有嘉宾，德音孔昭。

视民不恌，君子是则是效。我有旨酒，嘉宾式
燕以敖。

呦呦鹿鸣，食野之芩。我有嘉宾，鼓瑟鼓琴。

鼓瑟鼓琴，和乐且湛。我有旨酒，以燕乐嘉宾
之心。

小鹿呦呦地叫着，吃那原野上的艾蒿。我有贤良的宾客，
为他们奏瑟吹笙。

为他们吹笙管振簧片，向他们送上礼物。人们待我真诚
友善，给我指明了道理与方向。

小鹿呦呦地叫着，吃那原野上的青蒿。我有贤良的宾客，
品德声誉十分显耀。

做好榜样不轻浮，君子都来学习效仿。我有美酒，招待
宾客一同享受。

小鹿呦呦地叫着，吃那原野上的芩草。我有贤良的宾客，
为他们弹奏琴和瑟。

为他们弹奏琴和瑟，欢快又和谐。我有美酒，招待宾客让他们心中乐陶陶。

访戴天山道士不遇

〔唐〕李白

犬吠水声中，桃花带露浓。

树深时见鹿，溪午不闻钟。

野竹分青霭，飞泉挂碧峰。

无人知所去，愁倚两三松。

犬吠与溪流声交错，点缀着露珠的桃花更显浓艳。

在树林深处常见到出没的山鹿，溪边的午间听不到山寺的钟声。

野竹分割开青色的云气，瀑布悬挂在碧绿的山峰。

没人知道道士的去向，我忧愁地靠着几棵松树无可奈何。

述园鹿（节选）

〔唐〕韦应物

野性本难畜，玩习亦逾年。

麑班始力直，麚角已苍然。

仰首嚼园柳，俯身饮清泉。

见人若闲暇，蹶起忽低骞。

鹿这种动物本就充满野性，难以畜养。多年以来，它们一直放任自己这样的脾性。

斑斑点点的小鹿刚开始长出力量，成年公鹿的鹿角挺拔有力。

野鹿们抬头咀嚼园柳，俯身饮用清泉。

看见了人，仍然悠闲自适。忽然又纵身飞腾奔跑。

鲁山山行

〔宋〕梅尧臣

适与野情惬，千山高复低。

好峰随处改，幽径独行迷。

霜落熊升树，林空鹿饮溪。

人家在何许？云外一声鸡。

鲁山的景色恰好满足我喜爱山野的感情。这里的千座山峰有高有低。

美好的山色处处变换。独自在小路上行走的我沉醉到忘了方向。

霜雪融落的树上有小熊在缓慢攀爬。空静的树林里有小鹿在饮着溪水。

山里的人家究竟住在何处呢？正想着忽然听见云外传来一声鸡鸣。

　　鹿是一种身体美丽，体态优雅的动物，它头顶长着美丽的鹿角，四肢健壮，步伐轻盈，所以在中国传统文化中，人们把鹿看作是美丽和优雅的象征，并且把这份美丽和优雅引申到人身上，用来比喻尊贵的客人，或者高级的人才。《诗经》中著名的"鹿鸣篇"就是借着小鹿的鸣叫，来勾勒刻画迎接贵客时优雅的氛围："呦呦鹿鸣，食野之苹。"

　　此外，鹿还是一种不容易被驯养的动物，它喜欢生活在大自然中，和人类的生活保持着一定的距离。人们往往要去到人迹罕至的山野之中才能一睹真容。所以，鹿同时又象征着一种隐秘的神性，这就和中国古代的归隐文化结合在了一起？什么是归隐呢？就是古代一些有才能的人因为种种原因不想做官，想要自己搬到山林里独自生活，就像野鹿一样，虽然很少能够被人看到，但是自己却能生活得逍遥快活，精神富足。我们不妨通过下面这些关于鹿的精彩诗句去再次体味一下古代诗人们对归隐生活的向往。

　　　"呦呦鹿鸣，食野之苹。"（《诗经·鹿鸣》佚名）

　　　"树深时见鹿，溪午不闻钟。"（《访戴天山道士不遇》李白）

　　　"见人若闲暇，蹶起忽低骞。"（《述园鹿（节选）》韦应物）

"霜落熊升树，林空鹿饮溪。"（《鲁山山行》梅尧臣）

[万物百科]

每年春天，鹿角都会重新开始生长，一开始它们都是小小的、微微的隆起。

最开始，鹿角还不成熟，它的表面会有皮肤和绒毛覆盖，摸起来又软又韧，我们把这时候的鹿角叫作"鹿茸"。在鹿角还是"鹿茸"的时候，鹿是不会用它们的角打架的。

几个月之后，软韧的角将会完全转化为坚硬的角，这个时候，鹿也正好进入了交配的季节。交配季节来临的时候，鹿会变得异常暴躁。当坚硬的角上不再有痛觉神经，鹿就可以使用它们坚硬的角，在这时候进行内部竞争，或抵御天敌。

一般到了冬末春初，鹿角就会脱落。旧的鹿角脱落后，新的鹿角会再次生长出来。

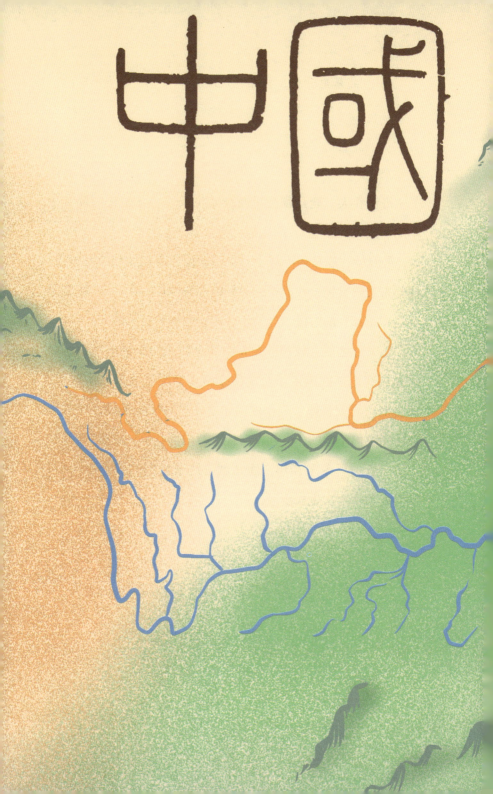

三十四、国家

国家，是地图上用线条勾勒出的版图，是人们说话使用的语言，是人们写在纸上的文字，是融入一言一行中的生活习惯和文化习俗，是人们共同坚持的理想和信念。它看不见，摸不着，却实实在在烙印在我们每一个人的心头。

中国是世界上历史最悠久的国度之一。从远古时代，到三四千年前文明初始的夏商时期，从风起云涌的春秋战国时期，到气势恢宏的汉唐时期，从中正典雅的宋明时期，到今天走向世界的现代中国。我们的历史文化源远流长，绵延不绝。

在千百年的历史长河之中，中国文化形成了一种非常独特而宝贵的家国情怀。从古到今的中国人无比热爱自己的祖国，进而用尽全力去保卫它，建设它。

中国古代的诗人们，除了用诗歌这种文学形式去发掘、体味天地万物之中美好的自然事物，还用他们如椽的巨笔写下了许多热爱祖国的千古名篇。

无论在过去，在今天，还是在遥远的未来，每当中国人吟诵起这些震撼人心的诗篇时，心里总涌现起穿透时间的共鸣。这，就是中国。

诗经·无衣

〔先秦〕佚名

岂曰无衣？与子同袍。王于兴师，修我戈矛，与子同仇！

岂曰无衣？与子同泽。王于兴师，修我矛戟，与子偕作！

岂曰无衣？与子同裳。王于兴师，修我甲兵，与子偕行！

谁说没有衣服穿？我与你同穿那一条长袍。君王发兵征讨敌寇，修整我那戈与矛，与你共同面对仇敌！

谁说没有衣服穿？我与你同穿那一件汗衫。君王发兵征讨敌寇，修整我那矛与戟，与你共同出发！

谁说没有衣服穿？我与你同穿那一件战裙。君王发兵征讨敌寇，修整我那铠甲和兵器，与你共同前进！

满江红·写怀

〔宋〕岳飞

怒发冲冠，凭栏处、潇潇雨歇。抬望眼，仰天长啸，壮怀激烈。三十功名尘与土，八千里路云和月。莫等闲，白了少年头，空悲切！

靖康耻，犹未雪。臣子恨，何时灭！驾长车，踏

破贺兰山缺。壮志饥餐胡虏肉，笑谈渴饮匈奴血。待

从头、收拾旧山河，朝天阙。

　　我的愤怒让头发根根直立顶起了帽子，倚靠在栏杆旁，

一场潇潇细雨刚刚停歇。抬眼瞭望，我仰天长声叹息，一片

报国之心激动而剧烈。三十年的功勋成为尘土，八千里路的

征战有那云和月相伴。不要虚度时光，花白了少年黑发，只

能独自悔恨！

　　靖康时期的耻辱，还没有被洗刷。臣子内心的愤恨，何

时才能平复！我要驾驶战车，攻破贺兰山。满怀壮志地吞食

敌人的肉，谈笑间以敌人的血来抚平饥渴。待我从头，收复

往日的山河，朝拜故都京阙！

正气歌（节选）

〔宋〕文天祥

天地有正气，杂然赋流形。

下则为河岳，上则为日星。

于人曰浩然，沛乎塞苍冥。

皇路当清夷，含和吐明庭。

时穷节乃见，一一垂丹青。

天地间有那堂堂正气，它赋予万物化身成各种形体。

在下面是奔流的江河与雄浑的山岳，在上面是苍茫的太阳和清寂的星辰。

在人身上体现则被叫作浩然之气，它无处不在地充满着天地宇宙。

当国运昌平的时候，在人间显现出一派祥和。

在危难时刻化为仁人志士的操守，永垂不朽地记载在史书上。

赴戍登程口占示家人二首·其二（节选）

〔清〕林则徐

力微任重久神疲，再竭衰庸定不支。

苟利国家生死以，岂因祸福避趋之！

长久以低微的能力肩负重任而感到身心疲惫，用尽这衰老身躯和平庸才能，定然无法继续支持。

但只要是对国家有利的事情我必定不顾生死，决不会因为福祸的考量而逃避它！

自题小像

鲁迅

灵台无计逃神矢，风雨如磐暗故园。

寄意寒星荃不察，我以我血荐轩辕！

我的心没有办法逃避这（神秘隐匿的）箭矢刺射所带来的痛，因为我的国家正在遭受着灾难。

这份情感寄托给天上的星星却没有人明了，我誓将用我的一腔热血报效我的祖国！

[诗歌赏析　热爱]

中国古代的爱国主义诗歌，往往是在国家和民族危难之际发出的呐喊。

中国是一个历史悠久的国家，也是一个曾经遭受过无数次侵略和苦难的国家。在危难之际，伟大的诗人们用诗句铸就了无数铁骨铮铮的时代强音。精忠报国的岳飞，留取丹心的文天祥，不避福祸的林则徐，血荐轩辕的鲁迅……他们激励着一代又一代中国人不畏强敌、不怕牺牲、敢于斗争。

"岂曰无衣？与子同袍。"（《诗经·无衣》佚名）

"待从头、收拾旧山河，朝天阙。"（《满江红·写怀》岳飞）

"天地有正气，杂然赋流形。"（《正气歌》文天祥）

"苟利国家生死以，岂因祸福避趋之！"（《赴戍登程口占示家人二首·其二（节选）》林则徐）

"寄意寒星荃不察，我以我血荐轩辕。"（《自题小像》鲁迅）

[万物百科]

灿烂的文化是我们的精神摇篮，但中国人从来没有躺在摇篮里故步自封，裹足不前。现代中国更是创造了前所未有的伟大成就，足以令每一个中国人骄傲自豪。

中华人民共和国成立于1949年。在新中国建立的七十余年里，中国从一个农业文明大国稳步转型为现代工业强国，用七十余年的时间走完了西方发达国家两百多年的工业化道路，并且站在了世界新一轮科学技术革命浪潮的前端。

1952年，新中国自主修建的第一条铁路，成渝铁路通车。

1956年，自主建造的第一辆汽车，解放牌载重汽车生产下线。

1957年，自主建造的第一座跨长江大桥，武汉长江大桥建设完成。

1965年，首艘自行设计建造的万吨级远洋船，"东风号"建成下水。

1970年，发射首枚人造地球卫星"东方红一号"。

1983年，中国第一台每秒钟运算1亿次以上的"银河"巨型计算机研制成功。

1991年，中国自主设计建造的第一座核电站，秦山核电站并网发电。

2000年，中国自主研制的第一颗导航定位卫星，"北斗导航试验卫星"发射成功。

2007年，中国第一颗绕月探测卫星，"嫦娥一号"发射成功。

2015年，使用国产处理器的"神威·太湖之光"超级计算机研制成功，成为当时全球运行速度最快的超级计算机。

2018年，全世界建造难度最大的跨海大桥，港珠澳大桥建成通车。

2020年，中国建成高速铁路3.79万公里，总长度居于世界第一。

……

在未来，还会有更多令人震撼的伟大成就变成现实。它们是人民的伟大创造，也是当代中国最壮丽的诗篇。